passion
of the books, by the books, for the books

passion

Yiling的閱讀筆記與私房料理

劉怡伶 著、攝影

視界與舌尖之外

嚐書

Yiling's Kitchen: On Books and Food

目錄。

欲嚐

眾嚐

家嚐

與味蕾牽絆的書本記憶

高翊峰

我應該先聊聊怡伶這位大學同學。

與怡伶深聊的機會少之又少，但長久以來，她總給我一種「人是值得存活著的」那種感覺。當她拍著你的肩膀說，放心，沒問題的。那瞬間，你會相信原來血液可以如此溫熱鮮紅。然而像我這樣背離法律走向文學的同班客來說，我彷彿又不那麼了解過去與現在的怡伶。大學畢業至今十餘年，我幾乎沒有參與過同學會。在這個小型學友俱樂部裡，還有一直關注女權問題的大撲，每每在期末考幫助我渡過難關的麗雅，還有一位法律系歌唱組後來又轉業航空機師的阿達……這些成為記憶的面孔，多半都還在城市的某個角落，或許得意、或許困頓、或許憂慮、或許驕傲。

直到「網路與書」的人員告知，怡伶要出書了，我才又驚然想起，幾年前遇上怡伶，聽她聊到自己的文學閱讀與文學書寫，在那之後與我所不知的之前，原來，她一直都沒有放棄和停止創作。我匆匆連上怡伶的「文學廚房」個人部落格，這才發現她已經深耕出一片美麗的花圃。之後，我在她新加入的MSN上看見：「……今年已讀完43本書，現在閱讀：黑色之書，奧罕帕慕克。」這則個人訊息欄上的文字，讓我不由主羨慕起怡伶。

今年，我閱讀了多少本書？這個數字，與怡伶相較，回答出來會讓我自己感到羞赧。前天深夜，我走到家中冰箱旁，看著霧面門壁上以磁鐵吸著的三張表格——它們記錄著二〇〇七年我與妻的「讀書與看電影的賽事記錄」。截至四月，妻一共閱讀了二十四本書，十八部我所購買的冷門電影光碟，後來，妻便一邊忙著準備生產一邊進行沒有填上記錄的閱讀；我則忙著雜誌工作的調整，然後讓自己的表格停在讓人發笑的數字上。當我計算出怡伶在如此忙碌的工作中，依舊以每個星期至少1.5本書的速度，進行閱讀以及書寫與飲食記憶、搖滾樂等等有關的文字時，我不由自主嘲笑了被時間逼退的自己。我給自己填了一個賽事空格欄的閱讀功課：讀怡伶的《嚐書》吧！我

甚至還自我安慰，等她這本書一出版，我也就多讀了一本書。於是，我開始隨著怡伶的嘴唇味蕾閱讀著她閱讀其他書籍的筆記，然後寫下我閱讀她閱讀筆記的心得。

讀別人寫的讀書筆記，會是怎麼樣的過程？其實，我是有點坐立難安的。這種不適感就像聽別人討論自己還沒有看的電影情節，會想知道是不是值得一看，卻也害怕真的值得閱讀時，又已經聽說了重要的故事發展與結果。所幸，這本書並沒有著重在這種讓另一位讀者敗興的方向上。與其說這本書是閱讀筆記，不如說是怡伶記錄每次閱讀當下與味蕾牽絆的書本記憶。可以私密，也如此幽微。

從大眾熟悉的《數位密碼》、《歷史學家》到較為冷硬的《餘燼》、《冬日將盡》，怡伶都給自己這位讀者一種搭配的食物、一道紙上的食譜，讓本書的讀者想像該本小說散文詩的口感與氣味。這就是這本書難得的地方，它將閱讀各類書籍可能適合的佐料，一一配對在讀者的桌上，儼然是一場品嚐無國界閱讀料理全席的過程。可以說，這本閱讀筆記，料理了書籍，閱讀了食物。而這樣的一本書，被網羅在「網路與書」這種高度實驗出版形式可能性的出版社，是一件剛好飽食的幸福。

最後，僅以這篇短文紀念一位躲進怡伶與我記憶深處的同班同學，J。

高翊峰

現任《GQ》國際中文版雜誌，副總編輯。曾獲聯合報文學獎、中國時報文學獎、中央日報文學獎與吳濁流文學獎等等。著有《家，這個牢籠》（爾雅）、《肉身蛾》（寶瓶）、《傷疤引子》（寶瓶）、《奔馳在美麗的光裡》（寶瓶）、《一公克的憂傷》（寶瓶）。

書房與廚房的美麗合謀

果子離

舊時代的女性，「三日入廚下，洗手作羹湯」，從為人媳婦到當了媽媽，一輩子都在掌廚，照顧一家老小的胃，那是天職，也是宿命。廚房，是女人的小小天地，採買煮食，忙裡忙出，卻鮮少為了自我。一道一道上菜，卻往往在幕後操勞，待家人湯足飯飽後撿剩菜，清盤子。

這一代女性，隨著生活型態改變，與女性意識抬頭，多了一分自由自主的飲食觀念，以及單身生活之趣。或獨自進食，或三五好友聚餐，沒有觥籌交錯的應酬張羅，沒有杯盤狼籍還得善後的狼狽。只要喜歡，大可煮自己愛吃的，也可招朋呼友，分享美食，不必為別人的胃負責。

所以，同為飲食書寫，《飲膳札記》裡的林文月，為親朋師長準備餐飲，在蒸煮炒炸中，料理出愛與人情的精細感。而在劉怡伶（Yiling）筆下，飲食這件事，私我、靜態、孤獨了許多。看她在少油不膩的廚房裡，以簡單隨性的飲食之道，氣定神閑地享用食物，並且隨手拿起一本書閱讀，那分悠然自得，是多麼美好的感覺。

《嚐書》是一位愛書人的告白。Yiling愛書，愛到想開書店，不為謀生，而是讓多到氾濫成災的藏書得其所居；愛到遷居後首要大事，就是尋找郵局和書店；愛到一書在手，成為和呼吸一樣自然而必需。她又是愛吃一族，愛吃不怕廚房燙，怕燙就不要進廚房，她自述：「當我發現自己總是待在廚房裡試驗新菜，或是在書店看來看去總是買食譜，三不五時就邀集朋友來家中聚餐的時候，我真的一度想要轉行做廚師去。」既愛書又愛吃，於是在閱讀中，往往自然而然地，想起某樣食物。有時是書中提到的，有時只是閱讀當下的一種氛圍，一分氣息，或是一個場景，就這樣把書與食物聯繫起來，建立某種密合不可分的關係。有時倒過來，從食物聯想起一本書，一則文學掌故，一段記憶。並由此說明其中的因緣，使得每本書籍、每分食物都飽含情感，幽幽淡淡，書緣，人緣，世間緣，用最真實的原味，餵養自己。

所以Yiling愛閱讀，不為特定目的，生活即閱讀，閱讀即生活。她也愛吃，

但據云，愛吃，不單為腸胃之歡。食物之功，不只在腸胃，也在心靈。在〈我的心靈雞湯〉一文中，她說：「對我而言，在任何聲嘶力竭的情緒發洩之後，所有的力氣消耗殆盡，食物，在此刻除了有補充體力的功用外，在廚房裡緩慢仔細的熬煮一鍋湯，確實也是紓解心中惶恐不安的方法。以高湯為底、勾些麵粉作成的濃湯，香味濃郁，富有飽足感，尤其適合這樣陰鬱的心情。」但她自承，這種模式可能只對自己有效，但願朋友能找到適合自己的湯。或許正因如此，她不喜歡答案制式化的勵志書籍。她的人文關懷正像一個善於品味各種美食的廚師，重視的是食材，而不是調味。即使有所異議，批評的態度也讓人舒適，沒有下指導棋、好為人師的高傲論調，總是平和的講一件事，說一種人生。閱讀，作為一種私密的精神糧食，不也如是？

Yiling書中例舉的食譜，和筆下傳遞出來的生活氣息一樣，線條簡單，明朗，那是即使為稻粱謀，還能保有清明心靈、不俗品味的自信與從容。對此她曾以白饅頭的口感為喻：「曾經嫌白白的饅頭寒傖，沒有味道，總是要藉著厚厚的醬料或是很多的肉鬆才覺得有滋味。年紀漸長，始能領略饅頭在口中與唾液交融一起的那股麵香，簡單不華麗，一個饅頭就可以飽食一餐。」不知道是怎樣的生活歷練和成長過程，改變了她的價值觀，呈現出來的文字和想法，是如此悠然自得，讓人越嚼越有滋味。

閱讀和飲食都是Yiling生命所愛，「閱讀之於我，一如飲食之於生活所需。」就是這分微妙情感，她寫出一篇又一篇，食物與書與人情的好文章，結集而成的這本《嚐書》，說的是一個閱讀與生活的新型態。我們不免好奇，在這樣書房與廚房美麗合謀的光線中，閱讀此書，適合搭配什麼食物呢？每個讀者應該都會有不同的答案吧。

果子離

專職寫作，著有《一座孤讀的島嶼》（遠流）、合輯《五年級同學會》（圓神）以及歷史著作十餘部。個人新聞台：http://mypaper.pchome.com.tw/news/myword/

將所閱讀的　寫在生活上

王信智

這多麼美好，所閱讀的都與生活連結。不需要大量閱讀翻譯外來文學，移植或想像自己也身在那裡。

Yiling將閱讀過的文學作品與食材一同洗滌、烹煮、或烤或煎，經過適當的陳列，端擺在我們的面前，藉由眼神與誘人嚮往的香氣，細細咀嚼，吞嚥下去。

書寫不一定要藉由文字，重要的是描繪的過程，就像是cooking動名詞一樣，重視的是進行式，食客心滿意足感動發出微笑，所有的疲憊伴隨著分享以及給予的滿足；勞動原本就是一種甜美。

不是每位寫作者都像Yiling一樣，把所閱讀的寫在生活上。儘管不夠時髦，不夠爆點引人注目，閱讀這樣的文字就像是不油不膩卻偶爾帶給人驚喜的飲食之旅，不追求昂貴料理，也不對稀有珍饌趨之若鶩，重要的是寫實卻不現實的生活點滴。

寫作可以有多種方式，但也一直到今日，這句話在這裡才有意義。一方面出版面向的多元加上文字創作者發表空間寬廣，使得華文閱讀市場的選擇大大增加了，我們因而接觸到不同寫作概念的諸種書籍。

另一方面，圖文書的興起以及編輯美感包裝，讓我們學會使用各種不同眼光來觀察出版的各個層面。再一方面，華文創作也起了重大的實驗與突破，我們也有機會發展從中改革的新觀點。

現代化或者當代化，西化不是唯一的道路。Yiling的《嚐書》，絕對不只是我們看待敘述表面的西方意識形態與生活美感而已，而是帶入了在地思維轉化的國際觀點，我們覺察自己是地球人，不分國界沒有階級地，以平等之心

面對文學與食肆。也不必特別因為書中一篇文章讀來特別感同身受，便要找到提及之書或食譜自己演練一遍，每一篇文章都有了自己的生命，不一定需要依附共生才能有價值。

應該要感謝許多華文寫作者提供了多樣的字句可能，使我們的創作得以延續，也更有責任為後者保護這不容易的原創，使他們能過著更自由的感想日子。若是一再創造一本又一本的速食暢銷書，等於是損害文學的生命，透支讀者的精神與期待的渴求。新的文學原創觀念需要大力的推動，以台灣的閱讀人口來說，光是Yiling一個人一定不夠，好像大海中的一滴水。

不過，我們寧願是大海中的一滴水。

最近，我擁有了自己的書店，說是書店倒不如說是生活道具店舖，裡面有書籍、音樂、設計物件、雜貨，最近多了幾盞燈、幾件T恤，也不錯。過一陣子，我還想規畫一系列的分享課程。創作，從分享做起，無論觀眾多少。

怎麼閱讀。怎麼思考。怎麼寫作。怎麼烹飪。怎麼創作。怎麼不是用「如何」這兩個看起來比較專業的字去解釋為什麼。儘管每一次都照著食譜上的分量與步驟操作食材，每一次的咀嚼體驗也不盡相同。所以，找到你（妳）自己怎麼去閱讀Yiling的《嚐書》的方法，就變得很重要。

我們都知道。那些，不只是表面的美味涵意而已。

王信智

作家、生活觀察員、跨界創作者。
個人部落格：《室內光 Room Gallery》http://blog.roodo.com/kieferwang/

寓讀於食，而文

劉怡伶

書桌前有一扇窗，窗外是兩棟公寓中間的天井，一天之中只有很短的幾個小時會有陽光輕輕地拂過衣擺進來。每層樓四戶人家各自貢獻出一個連著廚房的後陽台和一間臥房環繞著這個天井。

天井在白日裡是安靜的，只有在傍晚時分，才會生機活絡，充滿炒菜鍋鏟框鄉嗙嘩啦啦的樂音，空氣中瀰漫家常菜的味道，我媽媽做的「酒國天蹄」一聞便知很下飯，還可以帶便當；對面那家今天煎魚，隔壁是炒九層塔茄子……伴隨著這樣多姿多采的氣味，我在這一張書桌前唸書、做功課、準備考試，然後長大。

要到一人隻身在異鄉求學，我才真正開始下廚。在印第安那州布魯明頓的公寓裡，廚房和臥房僅有一面牆隔著，沒有客廳，我的書架就擺在靠近廚房的那一面牆，每當等著雞腿退冰、奶油融化或是蛋糕烤好的空檔，閱讀一本書打發時間就變得伸手可得而且理所當然。

或許是這樣的生活經驗，閱讀和食物的連結在不知不覺中交織牽絆，最後回鍋到我的文字裡了。於是用品嚐食物的方式來消化一本書，儘可以大口狼吞，或是細嚼慢嚥，終究是解決心靈上的飢餓感，進行一起生命的步調；或是用閱讀的精神來準備一道菜餚，可以分析烹調方式，也可以研究食材風格，總歸是要滿足生理上的貪戀，成就一份生活的情調。

後來便以「文學廚房」作為主題書寫，輾轉在個人新聞台和部落格緩慢的經營發表，到現在也有好些年，網站留言與流量涓滴可數，人氣部落格自然算不上；要說是專寫美食，也不盡然，對我來說，食物本身要與其他事件結合，才是讓它更加美味或是記憶深刻的原因，而這樣的事件就是閱讀；同樣的，我更攀不上是撰寫書評了，閱讀的過程有許多自我回顧，與書中的情節相互映照，那畢竟是很個人的寫意抒情。

如今「文學廚房」部分的文字要集結出版並以《嚐書》為書名，感謝「網路與書」的編輯在眾多部落格裡與我的文字相遇，認真的將出書一事化為可能；也感謝作家韓良憶溫暖的提攜，詩人銀色快手的推薦；而果子離和王信智慷慨為本書作序，甚為感動，我們甚至還未真正見過面呢；感謝高翊峰在百忙中閱讀老同學的書稿，對我來說格外有意義，也讓本書生色不少；我的朋友 Adam Lukas 提供一段自己創作的音樂作為本書的主題曲「Cantabile」，營造了輕柔如歌的氣氛，將會在部落格裡播放與大家分享。希望在一逞寫作付諸鉛字的痛快之虞，我的文字能夠稍微引起讀者拾書閱讀的興趣，或是挽袖下廚的愜意，那就是很大的回饋了。

寓讀於食，疊印成廚房閱讀筆記。
至於為文，記錄世情人生，而已。

獨嚐。

心事不定，最好沏茶，
茶是摑臉的仙人掌。
葉子說：「我為你偷藏去年的春舌，別急著飲，
先放五斤心情，三兩精神，一片冰心。」
——簡媜《密密語‧獨品》

獨處的時候，不需要伙伴，可以閱讀，可以寫字，可以想像，可以什麼也不做，雖然有時候是不得不，有時候寧願是選擇。而寂寞呢，淒清寥落總是有的，排遣開來換算成養分，靜靜等候。

食譜分量：1 人分

孤讀不孤獨
一座孤讀的島嶼 vs. 鮪魚沙拉堡

星期六的早上，有點艱難的起床，離開冷氣漸漸消散的房間，踅到廚房做早餐。冰箱裡有吃剩下的鮪魚罐頭、玉米粒、白煮蛋一顆、小黃瓜一根、生菜幾枚和洋蔥，還有昨天在超級市場買的超級便宜的灑滿芝麻的漢堡麵包。

初夏的時候，上班地方的巷口來了一輛新的早餐車，招牌菜單上不外乎漢堡、三明治。不過有一個少見的「沙拉堡」，我去買了兩次，想要點沙拉堡來嚐嚐，在炎熱的天氣裡能夠吃到沙拉似乎有種消暑的心理作用，但每次都恰好沒有，是賣完了還是根本沒有準備，不得而知。過了一陣子，大概是地盤搶不過原先在那裡賣小籠包的一對夫妻，就再也沒出現過了。

於是就著冰箱裡挖掘出來的材料，為我自己做一份一直想吃卻老吃不到的沙拉堡吧。

少頃，我心滿意足的咬下一大口鮪魚沙拉堡早餐，像個鬧彆扭的孩子終於得到想要的玩具，悠哉起來啜了一口咖啡，一手翻著凌亂堆疊在餐桌上的書本，抽起果子離的《一座孤讀的島嶼》，眼光溫柔的讀了起來。

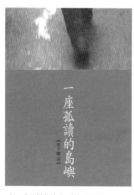

《一座孤讀的島嶼》果子離／著（遠流）

我們靜靜的經營部落格，或是狐群狗黨或是形單影隻，藉由一條電話線、寬頻線或是進步到無線所串起來的虛擬世界。攝於美國加州。

知道果子離是在明日報新聞台時代，那時剛剛開始經營文學廚房，驚豔於網路平台的方便與流通，也到處串門子，結識不少有人情味的新聞台長，大家不吝於相互鼓勵及打氣，雖然都未曾謀面。是如何轉悠到果子離的新聞台，已經不復記憶，當時在他的留言版留下了足跡，結果他逛了一圈我的廚房，回信借了那一篇提拉米酥刊在南方人文電子報，因此讓我更增加了網路閱讀的視野。後來他每要借文，總是來部落格留言，慎重地交代一下短評幾句，讓人覺得倍受尊重。

《一座孤讀的島嶼》算是新聞台文章的集結，大部分我在網路上都讀過了，不知為何，儘管是相同的文字，藉由電腦螢幕上的流覽，與鉛印成書捧在手裡的滿足感確實大不相同，對於這樣一本從未見過面、僅止於電子書信往返的朋友的作品，讀起來有一種熟悉，又有全新的體會。根據文章的主題，書裡概略分成五個章節，與書有關的人、事、地，收錄成〈流放書鄉〉；與音樂、電影有關的評論感想，則歸入〈流轉聲影〉一章；〈流散頁碼〉寫的是果子離的閱讀經驗，讀詩也讀網路；〈流動人口〉裡懷人也懷舊，閱讀生命中來去的過客；而最後一章〈流離思索〉收錄的是生活裡的雜感散記。

果子離的文字好讀，但不是淺薄的那一種，好讀的背後承載的是豐富的閱讀經驗和質量精純的消化沉澱，貼合個人生命的起伏，轉而與閱讀者的心路交叉。所以我大可抹一抹吃了滿嘴的沙拉，一手油乎乎的翻到下一頁，跟著書中幽默的敘述一個人吃吃的傻笑，而不會覺得有什麼不妥。也許是我勉強算的上「認得」果子離這個人，又或是他文字裡的況味就是與我的節奏合拍，所以讀起來不費事，而有種潛伏的快感。

「我們這群網路草子，沒有家世，沒有師門，像個跑單幫的個體戶，靈魂有時群聚相濡，有時無所依泊。」如此貼切說的是網路子民，我們靜靜的經營部落格，或是狐群狗黨或是形單影隻，藉由一條電話線、寬頻線或是進步到無線所串起來的虛擬世界，釋放我們的能量，在螢幕前期待一點點微弱的訊息回傳。

許多新聞台的友人，在我搬離新聞台之後漸漸失散了，有些轉了一大圈又聯絡

上，旋又消失在茫茫網路當中。網路上的過客來來去去，有時就是飛鴻踏雪泥的聚散無常罷了。如此倒真是慶幸果子離將《一座孤讀的島嶼》的文章疊印成書，讓我不必上網探頭探腦，還攜帶方便，餐桌、床頭、廁所……不時回味文字裡最初的感動。

閱讀合該是孤獨的，閱讀之後的分享卻是充滿回饋，這大概是在網路世界裡創作的窩心之處。

鮪魚沙拉堡

【材料】

A. 水煮鮪魚罐頭約半罐，盡量釋出水分。

B. 玉米粒罐頭約1/4罐，瀝去水分。

C. 白煮蛋切片或煎荷包蛋一枚。

D. 小黃瓜1/3條，切成薄片或細絲狀。

E. 生菜或廣東A菜幾枚。

F. 美乃滋一大匙。

G. Dijon芥茉醬或英式芥末醬一小匙。

H. 漢堡麵包2個或也可以用熱狗麵包。

【作法】

1. 將A、B、F、G混合攪拌，注意不能太濕。

2. 漢堡麵包略烤，先放攪拌好的鮪魚配料，再將其他材料依個人喜好一一堆疊，蓋上麵包即可享用。

尺素書緣
查令十字路84號 vs. 約克夏布丁

早在十多年前看了《查令十字路84號》的電影版就非常喜歡，是美國女作家海蓮‧漢芙和倫敦一家買賣舊書的書店經理法蘭克，以及書店上下的工作人員長達二十多年書信往來的真實故事，這樣的書簡情誼看在愛書人以及喜歡寫信的人們眼裡，特別令人動容。後來意外在誠品發現由知名的英國舞台劇演員錄製而成的有聲書，當時國內卻一直沒有中譯本（一直到二〇〇二年才由時報出版）。不久之後我到新大陸開始流浪的生活，有想過乾脆去書店找原文版來讀讀，但遲遲不願買簇新的，彷彿得來不費工夫，少了那麼一點上窮碧落下黃泉的滋味。可是每次尋訪二手書店，又有點像大海撈針，毫無所獲。

直到網上購物盛行，在www.half.com終於找到有人在賣*84 Charing Cross Road*，一九七五年的De Luxe Edition（豪華精裝版），應該是書中的法蘭克所謂的「a good clean copy」（品相尚稱良好），才$2.75美元（折合台幣約九十元）。扉頁還有原來第一位主人的題字，是一位叫做Jif的女孩在一九八一年送給母親的新年禮物，深藍色精裝封面有燙金的HH（海蓮‧漢芙在信中常用的縮寫署名）。當它輾轉寄到我的手中，彷彿我也回到五〇年代的紐約，暮春裡將暗未暗的天空飄著細雨，站在老舊公寓的門口，小心翼翼的從郵差手中接過飄洋過海沾著薄薄濕氣的包裹，心裡笑著，還是法蘭克能夠找得到我要的書……

《查令十字路84號》*84 Charing Cross Road*
海蓮‧漢芙（Helene Hanff）／著　陳建銘／譯（時報）

這些年來與我書信往來的朋友們。

按照書本包裝上的寄件地址，我倒是寫了一封信給賣書的人，一位住在亞利桑那州的女士，Jutta Martinez。顯然她已經不是原來的書主，但我還是感謝她將轉了幾手的書仍然保持的如此完好。

我和漢芙一樣有自己堅持的閱讀習慣，喜歡寫信，也喜歡買二手書，我的「馬克和柯恩書店」如今化身為虛擬空間裡的www.half.com（他已經被eBay併購了！），只可惜搜尋引擎雖然很會找書，仍舊不如法蘭克那樣懂愛書人和書本之間的微妙感情，當然也沒有和善的店員會與我交談。

讀這本書時配上的料理，自然就是店員塞西兒在信中教漢芙做的「約克夏布丁」囉！這裡指的布丁不是我們印象中歸類為甜點的雞蛋布丁，它是一種軟麵包，通常是和烤牛肉搭配演出，它的做法是否真的起源於約克夏已經不可考，後來已經演變成為英國普遍的主食。做法及材料其實很簡單，其實家家都有不同的祕方，特別的地方是將烤牛肉滴下來的油汁收集起來，均勻滴在布丁烤盤上（或是杯狀烤盤），放入烤箱先熱上四到五分鐘，等油汁燒熱冒煙了，再把調好的麵糊倒入烤盤中。烘烤後的布丁會膨脹，呈現金黃色，表皮酥脆，內裡綿軟，就和書中形容的一樣。賽西兒提供的食譜裡是將麵粉、雞蛋、一點鹽和半杯鮮奶調成濃稠的奶油狀麵糊，參考過其他許多製作約克夏布丁的方法之後，我獨獨鍾愛的是這一份加了啤酒的食譜，啤酒裡的醇厚與牛奶麵粉原始的風味調和，在切開布丁的剎那，一團霧似的撲面而來滿是麥香！此時淋上醬汁，佐以切片的烤牛肉，真是人間美味！若是沒有烤肉的油汁，用蔬菜油或豬油代替亦可。

海蓮·漢芙一生窮困拮据，儘管「馬克和柯恩書店」上上下下的員工頻頻邀請她來家中作客，拜訪倫敦的夢想卻一直拖到二十年後，在代理出版此書的英國書商邀請下才如願以償，彼時法蘭克已經去世兩年。漢芙穿越查令十字路櫛比鱗次的書屋與商家，尋著門牌84號，環顧這個曾經讓她魂縈夢牽，如今牆紙剝落書櫃老舊的「馬克和柯恩書店」，她不禁喃喃自語著：「How about it Frankie? I finally made it?」

這一趟遲來的倫敦之行，後來被漢芙整理記錄下來並付梓出版，名為*The Duchess of Bloombury Street*。Bloombury Street是她當時下榻旅館所在的那條街，而Duchess是女伯爵的意思，海蓮‧漢芙藉此反映《查令十字路84號》一書在英國受歡迎的程度，使她受到如王公貴族一般的禮遇，另外也是她對自己突然成為名人的一種自嘲式幽默。這份因為買書賣書而締結的傳奇緣分流傳下來，豐富了許多人的書寫生命。

「The blessed man who sold me all my books died a few months ago. And Mr. Marks who owned the shop is dead. But the Mark & Co. is still there. If you happen to pass by 84 Charing Cross Road, kiss it for me? I owe it so much...」讀到這裡，我的約克夏布丁嚐起來似乎有點淚水的味道。

約克夏布丁

【材料】

A. 中筋麵粉1杯。
B. 鹽1茶匙。
C. 蛋2顆，打散。
D. 牛奶1杯。
E. 冰啤酒1杯。
F. 蔬菜油少許。

【作法】

1. A~E混合攪拌。
2. 烤箱預熱425°F/220°C。
3. 將蔬菜油淋在烤盤上，先入烤箱熱約4~5分鐘，或直至烤盤熱透冒煙。
4. 將「1.」材料倒入烤盤，入烤箱約30分鐘，直至表面酥脆，略為焦黃即可。

唯有讀書高
嗜書癮君子 vs. 橄欖油佐法國麵包

當電視新聞正在報導某大百貨公司以五百元價格限量銷售英國名牌的環保購物袋，消費者爭相搶購造成現場幾近暴動的場面，我正在牙醫診所的候診室裡開心地閱讀剛剛得手的《嗜書癮君子》。

媽媽說從我剛學會坐的時候就會翻動散在床上的書，長大一些去別人家作客，只要一本書在手，就乖乖的不吵不鬧；年紀再大一點就跑圖書館，剛滿十二歲，可以借閱成人圖書的時候，我第一本借的是電影小說《金池塘》。後來因為升學，媽媽規定只有在月考模擬考考完的那一個周末才可以看課外書，其餘時間我只能偷偷的暗渡陳倉。現在出差旅行，整理行李的第一件事倒不是衣服和盥洗用品，而是考量著要帶哪幾本書上路，哪一本是適合在飛機上閱讀，用來調整時差，哪一本適合在陌生的旅館裡打發時間之用。

本書的作者湯姆‧羅勃先生本身是個愛書人，除了細數諸多買書、藏書、讀書上癮的癮君子症狀，並且羅列古聖先賢的種種事蹟，原來這種書癮可是發源甚早，發作起來還真千奇百怪。書中特別闢了一個章節，設計題目測試看看讀者到底是不是符合癮君子的症狀，我興沖沖的一一作答，原來我病得可不輕啊！

《嗜書癮君子》*Biblioholism：The Literary Addiction*
湯姆‧羅勃（Tom Raabe）／著　陳建銘／譯　（邊城）

我睡前不看一點書是無法入睡的，翻動書頁的輕微聲響，總是讓我有一種存在感。攝於九份。

對照自己的癮頭，以下的症狀還真是說到心坎兒裡：

例如，「逢年過節，你會購買自己想看的書當作禮物送給親朋好友。」真是罪過，可是我抱持的心態是，我要先喜歡這本書，才能推薦給朋友啊！或是送之前先行閱讀，算是品質測試囉！

「你收藏了某一特定主題的齊全藏書，卻從沒讀過其中一本。」這不代表我永遠不會去讀喔，我可是真心誠意的買下整套大英百科全書，以備不時之需。

「曾經只因打折、特價而購買某本書。」就像很多人趁跳樓大拍賣去撿便宜，我也是會在所謂的曬書節、書展、書店結束營業出清的時候狂殺進場的，有一回我扛了兩箱價值三萬塊的書回家，實際上只付了不到五千塊，你說這是不是很划得來呢？

「床頭起碼擱著六本書。」這是沒錯，睡前不看一點書是無法入睡的，最好是看到睡眼矇矓時立刻關燈鑽進被窩，保證一場好眠。

書中最後提到電子書的問世，對嗜書癮君子來說不啻為一件好事，所有想要一舉蒐括的某作家的全部作品，或是不易尋找的絕版書，統統都可以上網搜尋然後下載，不但省去前往書店所花費的舟車勞頓，更別說在書店裡尋覓所要找的書，加上分心順便瀏覽其他引起你興趣的書的時間；還有它根本不占空間，不用因為愈來愈多的實體書而必須增添書櫃，或更甚的得要購置大一點的宅第。但是，我仍然無法想像閱讀也變成一件虛擬的事。

我相信，書本本身有一種吸引力，它的味道、它的書封包裝、書裡的字體版面，還有拿在手中的觸感，都是電子書無法比擬的。我還是偏愛在包包裡帶著一兩本書，在咖啡店、機場、或是等待的時候拿出來讀，這種可以立即沉浸在文字氛圍中的專注，也是電子書無法取代的。又如，翻動書頁的感覺，就像是與書中的人物一起進行情節的推演，每翻過一頁就有新的發展，令人興趣盎然。尤其在長途

書籤不但記錄著我上次閱讀的進度,也預告著距離終途還有多久,
更重要的是,它代表著一種姿態,昭告世人,我「正在」讀書。

飛行的旅程中，機艙燈光黯淡，唯有我座位上方的閱讀燈還亮著，翻動書頁的輕微聲響，總是讓我有一種存在感。

還有，書籤呢？閱讀電子書將再也用不到書籤了，嗜書癮君子對於書籤的渴求也遭到E化的挑戰。我每回購買新書回家，總是會在每一本新書裡夾上一張書籤，可能是傳統的紙製長條形的模樣，也可能是帶有磁鐵的可以夾起一兩頁，有些是帶有皮製吊穗的，或是一種金屬書夾。最近我在芝加哥當代美術館裡發現的一種書籤設計，是用電路板裁切下來做成的，別有新意。我非常喜歡書籤，它不但記錄著我上次閱讀的進度，也預告著距離終途還有多久，更重要的是，它代表著一種姿態，昭告世人，我「正在」讀書。

閱讀之於我，一如飲食之於生活所需，缺一不行。但是沉迷在閱讀一本書是會廢寢忘食，常常讀到一個段落從書本裡抬頭或伸伸懶腰的時候，已過了用餐時間，家中只剩泡麵幾包，或是前兩天買的雜糧麵包一個。這種情形，我是連熱水都懶得燒，就吃麵包配上調味橄欖油吧。可別小看這樣的組合，這一瓶調味橄欖油可是放進了迷迭香、乾蒜末、一點胡椒和陳年黑醋調製而成，倒一點在盤子上，將烤過的麵包切片或撕成小塊沾著吃，在嘴裡咀嚼的滋味真是滿口生香，餘韻無窮。簡單而且迅速的一餐完成，滿足饑餓感後，又可以埋頭回到書中世界，繼續徜徉。

如果說那些為了搶名牌購物袋而大打出手、或遭人踐踏受傷住院的人實在愛慕虛榮瘋狂無聊，那我努力工作賺得薪水，供奉在各大小書店、書展，看書都比不上買書的速度，書櫃永遠不夠用的情況，不過是五十步笑百步吧。

橄欖油佐法國麵包

【材料】

A．調味橄欖油一小匙。

B．法國麵包或是雜糧麵包略烤後切片。

【作法】

1．將橄欖油倒入淺盤。

2．將麵包沾少許油食用。

3．可搭配濃湯或沙拉，享受沒有負擔的一餐。

自製調味橄欖油

【材料】

A．純橄欖油1杯。

B．大蒜半顆去皮＋檸檬皮屑＋胡椒粒＋薑末1大匙＋乾的香草，如羅勒、迷迭香等喜歡的香料。

C．罐頭鯷魚2-4小條，稍微洗去鹽分，用紙巾擦乾，切碎。

【作法】

1．混合A、B，搖勻即可。

2．如要加上C，則要置入冰箱冷藏，盡快享用。

附註：調味橄欖油在SOGO、新光三越或微風廣場的超級市場有販售，種類繁多。

永生的祕密

歷史學家 vs. 啤酒蕃茄汁

這一款稱為「紅眼睛」的雞尾酒和兔子沒有關係，倒是跟紅紅稠稠的蕃茄汁密不可分，它主要是以啤酒為基酒混合蕃茄汁做成的，中和蕃茄汁的罐頭味，也沒有啤酒的苦和太多的泡沫，用大肚啤酒杯把盞喝來很是暢快。據說最早是從路邊攤發展出來的混搭酒，客人可以大口豪飲也不易醉。然而，微微的鹹味，和飲盡一杯後咂嘴的滿足感，總是讓我懷疑當初發明這項調酒的若不是醉眼惺忪的酒鬼應該就是吸血鬼吧！

東歐的斯拉夫民族擁有豐富的民間吸血鬼傳說，一直到十七世紀，關於不死族的軼聞大為流行，尤其是匈牙利，然後藉由商旅的流傳才到了西歐地區。吸血鬼，又稱活死人，飲用生鮮活人或牲畜的血維生，永遠不死，並擁有瞬間移動、穿牆而過的能力。將吸血鬼殺死的辦法，我們所熟知的有用銀子彈射擊，砍掉頭顱或是在心臟釘上木樁。另外大蒜的氣味和十字架也可以防身，讓吸血鬼不能近身。關於吸血鬼的諸多傳說裡，以一八九七年出版的《卓九勒》最為有名。

《卓九勒》是愛爾蘭作家史托克花了七年的時間研究歐洲民間傳說，所寫成的小說，是綜合獨白者的日記和信件以及書面報導的書信體，串聯起來講述吸血鬼的

《歷史學家》*The Historian* 伊麗莎白・柯斯托娃（Elizabeth Kostova）／著　張定綺／譯（大塊文化）

攝於荷蘭阿姆斯特丹。

事蹟。之後，《卓九勒》經過不斷被翻拍成電影，而廣為人知，吸血鬼也因此有了鮮明且確定的形象。

事實上史托克的「卓九勒」真有其人，乃是羅馬尼亞歷史上位在瓦拉基亞地區的王子弗拉德四世。人稱卓九勒大公的弗拉德曾經率領人民阻退土耳其的入侵，並且頑強抵抗奧匈帝國的侵擾，在羅馬尼亞地區算是一位民族救星，跟吸血鬼一點關係也無。不過他的殘暴也是眾所皆知，不但對境內的土耳其士兵處以極刑，對他所統治的人民也不留情，除了有五馬分屍之刑，也有慘不忍睹的木樁之刑，用削尖的木樁將人由下體往上穿刺出喉嚨致死，因此也有「穿刺公」的驚悚名號。關於他的死亡眾說紛紜，有說他在一四七六年與奧匈帝國的戰役中喪生，也有說他是被手下暗殺，也有的說他的屍體被支解，頭顱則由蜂蜜浸泡著被攜回伊斯坦堡給當時恨他入骨的蘇丹王。莫衷一是的埋葬地點，更使得這位歷史上的暴君增添傳奇色彩。

史托克會選用卓九勒為他的吸血鬼原型，大概與他的草菅人命和殘酷手段有關吧。據說位於外西凡尼亞的布朗城堡因為曾經囚禁過弗拉德，常常有蜂擁而至的觀光客前來瞻仰名勝，帶來觀光收入；甚至有蘇俄的石油暴發戶想買下城堡養老。羅馬尼亞人對於他們的民族英雄竟被寫成了吸血鬼，到了現代又被當成觀光景點，不知道做何感想。

美國作家伊麗莎白·柯斯托娃的這一本《歷史學家》，便藉由史托克的《卓九勒》為底本，重新塑造吸血鬼的傳說，並且彙整諸多民間傳說史料，追蹤卓九勒的藏身之處。從小說的開始一直到結束，讀者們隨著書中的安排，足跡遍及荷蘭阿姆斯特丹、英國牛津、土耳其伊斯坦堡、匈牙利布達佩斯、羅馬尼亞和保加利亞；同時跟著主角閱讀了許多書信，面見許多研究卓九勒的人物，如同身歷其境；我們也在追尋吸血鬼的腳步中遊歷了陌生的東歐風情和歷史局勢，關於獨特的建築風格及異國文化的描寫，更是引人入勝。

書裡的吸血鬼，除了我們早就深刻的印象：蒼白的面貌，舉止彬彬有禮，照鏡子時無影像，經過身旁時散發出一種腐臭味之外，他還被賦予一個飽覽群書的學者身分。經過幾世紀的收藏累積，他的龐大圖書館需要管理員來整理編輯書目，所以他從藏身處走出來，在世界各地留下獨特的線索，引誘好奇的愛書人上鉤。

閱讀是一件永恆的事，柯斯托娃讓吸血鬼成為一個愛讀書的人，是不是用另外一種方式讓卓九勒更加永垂不朽呢？只要有圖書館，就有可能收到卓九勒發出的徵人啟事，只要好奇多看上一眼，也許你就是他下一個錄取的人選。

想到這裡，環顧一下四周，秋夜裡我一個人斜靠在客廳沙發上，昏暗的閱讀燈暖暖的亮著，《歷史學家》正讀到尾聲，逐漸接近卓九勒的老巢，手邊一杯冒著一點泡沫的「紅眼睛」，血紅顏色的飲料喝了一半，漂浮的冰塊已經融化，化成杯身的冷汗涔涔，耳邊彷彿有一股，涼颼颼的風吹過……

紅眼睛

【材料】
Ａ.蕃茄汁。
Ｂ.生啤酒。

【作法】
1.蕃茄汁比較稠，和啤酒的比例可以一比二，或視個人喜好調整。
2.加在一起攪拌，加冰塊。

如果我有一家書店
書店風景 vs. 冰釀咖啡

十個閱讀者，其中有九個想開書店。

我不知道其他人想開書店的原因，我的原因其實很好笑，因為家中的書太多，書架已經不敷使用，而書本開始脫離掌握，彷彿有了生命似的散佈在家中各個角落，餐桌、客廳沙發、廁所、枕頭底下、床頭櫃和廚房，有時會在門口鞋櫃上發現一本，難道它竟想逃跑不成？更有好些書無處安身立命，乾脆疊羅漢在地上耍賴，每次要找一本書，總會花太多的時間，彎著腰歪著頭細讀書名，好不容易發現蹤跡，又得要從書堆裡抽出來，往往觸動整個已經有自己平衡意識的書塔，最後傾跌得一蹋糊塗。

於是想像著，如果我有一家書店，寬敞明亮的空間裡就只有書，整齊厚實的書架一字排開，所有的藏書分類放好，沒有落單或想要逃跑的書，我再也不會有找不到書或是找到書卻要非常費勁兒才能取出的窘境，那該有多好。（哎，或者我只是需要一間很大的書房？）

在一個再度找不到書的下午，心煩意亂，我決定出門去透透氣，重新做起「如果

《書店風景》鍾芳玲／著（大地地理）

我有一家書店」的白日夢。在社區某條街的轉角，看到一間有著藍色屋篷的小店，大大的落地窗裡有一隻灰白斑紋的美國短毛貓，凝神望著窗外。我推門進去，原來是一間咖啡館，一進門的右手邊有一台高高的冰釀咖啡器，沙發邊的茶几上放著每月推薦一書和幾本雜誌。

咖啡館裡面沒有吧檯的設計，就像是在自家的廚房裡，女主人隨興的準備單品咖啡或是花式咖啡，然後端到客廳裡來享用。我懶散的躺進大大的絨布沙發裡，《Waltz for Debby》的樂聲在微微涼意的咖啡館盤旋，舒緩了剛剛進入一個新環境的陌生情緒，心裡的煩躁頓時消散，一杯原味冰釀咖啡送到茶几上，啜了一口，從包包裡拿出離開家前隨手抽起在書堆最上面的一本書《書店風景》，終於閒情逸致的讀了起來。

我住過許多地方，搬了很多次家，通常初來乍到一個新的地方，基於實用性的理由，第一件事情就是先找郵局，對於當年總是依賴文字與親友報平安的我來說，郵局是身在異鄉傳遞信息的重要媒介。然後就是書店，書店的位置和裡面販賣的書籍，以及提供的各項資訊，除了能夠反映當地生活型態，可以讓我很快的汲取新的地方文化，還有，書本總是讓我覺得安心，即使只是蹓達蹓達，什麼也沒買，看著滿壁的書，也會心滿意足。

《書店風景》一書裡記錄的，是一個愛書人與書店交往的個人經驗。作者鍾芳玲書寫著對她別具意義的書店，採訪書店主人以及背後的有趣故事，本書再版時，這些書店的資料也逐一更新，有些書店早已成為該城市的地標，有些書店轉換經營模式繼續生存著，有些則不復存在。

讀著讀著，我也彷彿跟著她的腳步飄洋過海，體驗書店或新或舊或整齊或雜亂的各種樣貌。這讓我想起許多年前曾經經過的一間二手書店，它的名字很可愛，叫做「When Pigs Fly」，名片上有一隻仰著頭的有翅膀小豬，面前攤開一本書。這書店座落在新罕普夏州的普茨茅斯港口邊上，面對著小小的街道，深沉原木色的室內，擺滿了許多二手書籍，尤其是童書，店主人是一位滿頭銀髮的女士。那一天顧

客不多，大部分是像我一樣的遊人在店裡走馬看花，我買了幾張明信片。很喜歡店主人給我的感覺，氣定神閒，和周圍的安寧氣氛搭配的剛好。那時我就想，但願我老了也能有這樣一間書店，一起安度餘生。

我點的這一杯冰釀咖啡，主要使用深焙咖啡豆來滴濾，藉由自然滲透水壓，調節水滴速度，使咖啡粉完全浸透濕潤，長時間滴漏出的咖啡口感滑順而不酸澀。一點一滴萃取而成的冰釀咖啡，口感飽和不傷胃，頗適合一個好整以暇的下午或是歷經風霜的晚年心情吧！如果說書店是終極的夢想寄託，那麼閱讀就是一種救贖了。我在咖啡店裡閱讀書店的風景，也回顧著自己的書店記憶，一杯冰釀咖啡，剛剛好。

冰釀咖啡

【材料】
Ａ．深烘焙咖啡粉。
Ｂ．很多的冰塊，裝滿濾泡杯的量。
Ｃ．奶油球。

【作法】
將一張濾紙放在濾泡杯上，放一匙咖啡粉，再放一張濾紙後，在上面放冰塊。幾個小時後，待冰塊完全溶化，一杯香醇琥珀色的冰釀咖啡就滴濾完成了。加上一顆奶油球，漂浮在咖啡上，不須攪拌即可享用。

歧出的人生
無彩青春 vs. 鹽拌芥菜

把書闔上，熄了床頭燈，暗夜四合，我卻翻來覆去睡不安穩，於是坐起身展讀剛剛看了一半的書，《無彩青春》，副標題是「蘇建和案十四年」，作者張娟芬。讀到書頁最後一句「那時候，他們誰也不認識誰，相忘於江湖」時，窗外微微透亮起來。

自民國八十年汐止慘案發生，八十一年一審死刑判決，不斷上訴、抗告、非常上訴……蘇建和案歷經四十七位法官的審判，長達十四年的纏訟，終於在九十二年高等法院宣判無罪，當庭釋放。作者閱讀各級法院對此案審理的卷證，並且和當事人與相關專家學者做了不少的訪談，所以本書可供杜撰的空間有限，它是很真實的、血淋淋的，雖是所謂的「法律事實小說」，倒沒有帶進太多硬邦邦的法條；又因為它是陳述事件，盡量保持所見所聞，徐緩卻不帶太多的情緒。

三名被告喊冤的原因是他們根本沒有犯案，至少沒有證據顯示他們有，僅僅憑著原先坦承單獨犯案卻又翻供的王文孝，把這三人扯了進來，偏偏王文孝早早就被槍斃了，死無對證；又偏偏這三個人不堪刑求逼供簽了自白書。就是這些內容顛三倒四、前後不一致的自白書，兇案現場的一把菜刀，和違法搜索出的二十

《無彩青春——蘇建和案十四年》張娟芬／著（商周）

四元硬幣，將這三個少年關成中年，青春不再。如果說作者所言屬實，有憑有據，那麼從這個案件裡可以看到檢警執法的「無法」，司法的「荒唐」正義。

記得電視上曾經播過的大陸劇「天下糧倉」，裡面有一段情節是這樣的：朝廷命官巡視災區的粥場，見災民骨瘦如柴，排隊領粥果腹，望前一探，一鍋粥哪是粥，湯湯水水不見米粒半顆。盛怒之下，傳粥場官員，問他身為地方父母官，賑災的粥為何不是「插筷不倒」，如此枉顧人命，該當何罪。官員聲稱米倉已無米，情非得已。朝廷命官不信，硬是按照大清律令，當街處斬。官員斷頭前請求見老母親一面，只見他喚一聲「阿娘」，老母親衣衫襤褸自災民的行伍中顫巍巍的走來，雙目已瞎，一只破碗，一雙竹筷。官員低頭咬下手上一塊肉報答母親，母親知兒子將死，遂一筷插進咽喉自殘，朝廷命官大驚，但死刑仍然執行。行刑後，命官打開糧倉大門，才發現，果然一粒米都沒有。

如果，這朝廷命官多聽一會兒解釋，早一步開倉門檢視，就知此官所言非假；不然看看老母親與災民無異，就知道此官並非圖利之人，怎可能藏私，此時刀下留人都還來得及啊！就因為盛怒，因為自己認為的公理正義，因為可憐的苦難同胞哀嚎遍野，卻多枉死了兩條人命。

人們一向都只願意看想看到的東西，願意聽自己想聽的解釋，大多時候判斷正確，也符合大家的期待與利益，但是一旦判斷錯誤了呢？是不是願意認錯，從新來過？司法的進步與革新必須經過不斷的學習與驗證，然以無辜生命作為學費，代價未免昂貴。

有一回懶得做便當，心想就一口氣給他做三天分吧。其中有一道菜是鹽拌芥菜，是一道最簡單不過的菜餚，方便又保持自然風味，所以每當不想炒菜時，鹽拌芥菜總是最理想的選擇。先把芥菜葉片洗淨，放入加過鹽巴和橄欖油的滾水裡燙一分鐘，然後撈起來瀝乾水，切成小塊，趁餘熱拌進一點鹽和柴魚精（如烹大師之類）調味，再灑上一點麻油就成了。

那許多年蹲坐在牢獄中與世隔絕，生活在死刑判與不判的夾縫中，是何等的卑微與無助，縱使終於真相大白，又如何了呢？攝於台北關渡。

結結實實準備好三天分的便當，放進冰箱，以為省去許多麻煩，到了第三天，芥菜入口卻是衝辣嗆鼻，原來芥菜給鹽「醃」了三天，成了芥末了！好事一椿，好菜一道，卻因為偷懶、嫌麻煩，弄得食不下嚥。

人命如芥菜，司法制度如鹽巴，我個人偷懶還好，不過是一盤芥菜變成芥末，諸位檢警大人和青天大老爺面對的，可是一條條人命和喚不回的青春！芥菜走味頂多嗆鼻，執法失衡卻是命喪黃泉。

我從來沒有特別關心過這件案子，卻在燠熱失眠的夏夜，順著溫柔的筆觸爬梳蘇案十四年，直至曙光幽微的探進門來。反芻張娟芬曾經在一九九九年探監後寫下「冤獄是人生的歧出，不知道最後會通往哪裡，但旅程中餵哺著對生命的渴望。……所謂人生啊，不過是飛入尋常百姓家」這樣的句子，以及與日前雲林地方法院林輝煌法官的一篇判決後記「上蒼悲憫，願容卑微生命在這塊土地喘息。檢察官慈愛，願為可憐小人物委屈。」兩相對照，越能了解「正義」其實很難定奪，每個人的看法、自身利益，都會影響對正義的理解和判斷，然而人類對生命的渴望與追求，卻始終沒有階級之分。

後記一、讀完這本書後的一年，我參與了二〇〇五年六月四日在台大法學院舉辦的「法律、文學與人權——從《無彩青春》一書談起」講座，與談的除了作者張娟芬女士，還有蘇案的辯護律師蘇友辰律師。這件台灣司法史上最具指標意義的案件，牽涉的是兩位死者、三個嫌疑犯、六個死刑、十四年的青春，蘇律師談及此案還是莊嚴而激動，看見張娟芬本人，則很難想像個頭瘦小的她埋首在成堆的案卷裡完成此書。此時本案於二〇〇三年已經高等法院做出判決，被告三人無罪釋放，然而被害人家屬不服，透過檢察官向最高法院提起上訴。

二〇〇六年七月七日在電視新聞看見蘇建和和劉秉郎，瘦瘦的樣子但是還算有精神，而莊林勳，精神狀況已經很糟，連自己母親都要不認得了。這時最高法院撤銷無罪判決，於台灣高等法院再度開審。

那許多年蹲坐在牢獄中與世隔絕，生活在死刑判與不判的夾縫中，是何等的卑微與無助，縱使終於真相大白，又如何了呢？每每思及，總是不忍，喚不回的青春與生命，就在司法正義、程序正義中消磨殆盡。

後記二、這是三年前的舊文了。

二〇〇七年六月二十九日又聞蘇案再審由高等法院宣判，三人再度被判處死刑。七月二日蘇建和等三人向最高法院上訴。在整理本書的文稿，即將付梓前，最高法院於十一月一日發回高等法院更審。

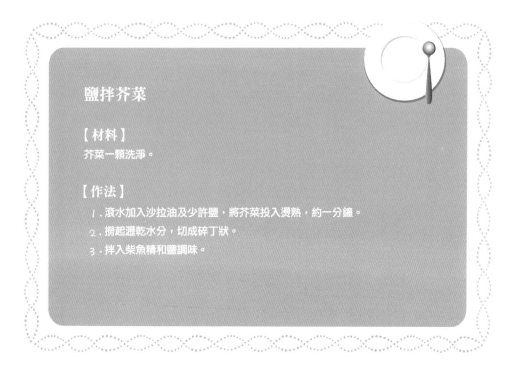

鹽拌芥菜

【材料】
芥菜一顆洗淨。

【作法】
1. 滾水加入沙拉油及少許鹽，將芥菜投入燙熟，約一分鐘。
2. 撈起瀝乾水分，切成碎丁狀。
3. 拌入柴魚精和鹽調味。

眾人皆睡誰獨醒
數位密碼 vs. 薄荷龍珠茶

丹布朗先生的《達文西密碼》吵吵鬧鬧的打起剽竊創意的官司，我倒是閱讀了他早幾年的著作《數位密碼》。

故事中敍述美國國家安全局發明了一個解碼機器，可以破解世界上所有的演算密碼，以及一套無敵防毒軟體，防堵任何可能夾雜在密碼中的病毒。不管任何密碼、演算程式，只要丟進這台解密機器，幾分鐘內就會有答案，是美國國家安全局的終極情報祕密武器，得以監控所有可能是恐怖分子在網際網路傳遞的訊息。

曾經在國家安全局工作的一個天才幹員，不苟同安全局這種作法，可以肆無忌憚的監視所有人在網路上的活動，離開這份工作後，他聲稱發明了一套演算程式，無人可以破解，並產生一串加密文件公開向全世界挑戰，並且只有他擁有解開這份文件的密碼。他威脅要把這個稱為「數位密碼」的程式公開下載，讓每個人都可以運用這個程式給所有傳輸的文件加密，再也不會受到安全局長期以來的任意監視。為了要破解「數位密碼」並且進而研發破解之道，安全局副局長只好把這個程式丟進機器裡運作，為了不受干擾，還刻意繞過防毒軟體的過濾。

我在夜裡讀著這個故事，真是驚心動魄，倒不是因為一開場的死亡多麼怵目驚

《數位密碼》 *Digital Fortress* 丹・布朗（Dan Brown）／著　宋瑛堂 ／譯（時報）

在每個大城市都標榜著提供無線上網的便利環境時，我們是不是也處在無形的網絡中，不自覺的暴露自己的身分，竟無處躲藏。攝於美國芝加哥。

心，而其中敘述電腦程式的專業用語其實我也不甚了解，當然，情節鋪陳所需的打鬥、死亡等等非常緊湊，引人入勝，然而最具有殺傷力的是這整個故事所透露的訊息：我們自以為隱私、安全的角落無時無刻不被監視著。

曾經修過一門課「Information Liberty」，談的是數位時代的資訊自由及隱私權的問題，有一次講到文件加密的傳輸，當時我聽得不是很懂，到今天看了這本小說，對照起來才算弄清楚。

在本書中作者簡單的提到密碼學（Cryptography）的相關知識，早期密碼學是利用特殊的代號，或者是數字，用以編碼、解碼等作為防護祕密洩露的手段。在今天，利用網路傳送資料時，為了避免資料被他人獲取，就應用了密碼學的概念，將電子資料加密（Encryption）。而在傳送加密的文件之後，文件另外附帶有內碼，除非有解密（Decryption）的方法外，否則無法得知資料的內容。

如果這樣加密的商業文件，例如電子商務契約，在傳輸過程中被解密並且為他人（就像書中提到的國家安全局）所窺知，商業機密因此就可能會被第三人掌握。同理，任何電子文件的傳輸都將不安全。

書中的國家安全局聲稱這些解密的動作是為了維護國家安全，監控恐怖分子的祕密活動，這樣具有大前提的利益考量，小老百姓些微隱私的犧牲當然微不足道。然而貫穿本書的是一個疑問句：「Quis custodiet ipsos custodies」(Who watched the watchmen?)」這是一個足球的術語，到底誰可以監督守門員？在國家安全和公民隱私之間如何權衡孰重孰輕？誰來作這樣的判斷？誰來監督作判斷的人？

數位資訊時代帶來的便利與無遠弗屆，事實上也暗藏許多危險，衛星導航系統反過來使用，便可以偵測你的一舉一動；空中攝影的技術可以精密到提供被攝者的面孔特徵，還即時與國家資料庫連線，立刻核對身分並提供社會安全號碼（類似我們的身分證號碼）。在每個大城市都標榜著提供無線上網的便利環境時，我們是不是也處在無形的網絡中，不自覺的暴露自己的身分，竟無處躲藏。

攝於中國蘇州。

闔上書，已是深夜，我還在一陣陣的數位衝擊中神智不清，覺得口乾舌燥，起身到廚房找水喝，看到櫃子上一小盒龍珠茶，還有一包剩下一點點的乾薄荷，所以乾脆泡上一杯薄荷龍珠茶吧，整理一下情緒。

市面上的龍珠茶似乎有兩種，一種是以茶的嫩芽揉捻成真珠狀，再放入茉莉花燻入花香，是未經發酵的綠茶，茶湯橙黃。這種龍珠茶還分為大龍珠和小龍珠，小龍珠是用清明前採的壽眉茶嫩芽做，泡開後散成條狀，香味較鮮爽清甜，大龍珠在熱水中泡開後則是呈花朵綻開狀。

另外一種龍珠茶也是成圓珠狀，又稱蟲屎茶，是廣西桂林一帶的特產，茶蟲消化茶葉和枝子後的排泄物與蜜及茶葉合炒製成，屬於後發酵茶，茶湯成棗紅色，算是有療效的藥茶，對胃和消化系統有幫助。

我這裡泡的是綠茶，據說在摩洛哥也是這種喝法，將新鮮薄荷葉加入綠茶中，沖開後酌加糖增添一點甜味，這種茶飲成為當地招待賓客的「Welcome Water」。

在天色漸亮的的窗前，我小口的喝著漸溫的茶，清涼的薄荷味道首先撲鼻而來，接著是嘴裡的綠茶淺淺的甘味。腦袋瓜開始有一些疲倦感。大街上還靜靜的，暗暗的做著夢，遠處有一點車聲，還有101大樓不滅的燈光閃爍著，是城市裡醒著的眼睛。眾人皆睡的時分，那些醒著的人在做什麼呢？分析睡著的人的夢境嗎？

打了一個寒顫，這將明未明的晨光還真有些冷。鑽進被窩，我不想醒著。

薄荷龍珠茶

【材料】

Ａ. 綠茶或龍珠茶2小匙。

Ｂ. 薄荷葉1小匙。

Ｃ. 熱水500 c.c.。

Ｄ. 糖隨意。

【作法】

沖茶的水溫不宜太高，所以適合用水杯和茶盅泡茶。先放茶葉，再用約95度開水洗茶，接著立即倒去茶湯，再注入開水泡15~30秒，視符個人濃淡喜愛。

追尋與殉道
傷心咖啡店之歌 vs. 自由古巴

一個失婚的女子馬蒂，在生命中最落魄低潮的時刻，看見「傷心咖啡店」閃爍的招牌，推開門之後的際遇改變了她的想法和生活。傷心咖啡店是由幾個因緣際會聚在一起的好友們共同經營，最大的股東是無所事事卻有花不完錢的海安，裝扮成男孩模樣的女生小葉負責實際經營，還有擇善固執且好辯的吉兒，溫良卻憂鬱的素園，汲汲於名利的藤條。大家的個性迥然不同，相處起來倒是比家人還親。

馬蒂加入這個團體之後重新檢視自己的過去，發現在逐漸社會化的過程裡，每個人都被要求達到某種期待，這些期待裡並沒有原先自己對自己的期待。此種社會化亦牽涉到價值觀的訓練，而價值觀又來自每個人的家庭背景以及文化上的制約。種種的束縛和包袱如此，又怎麼自由得起來？因此書中大量談到「自由」，強調自由經濟的資本主義社會，讓眾人為了享受經濟利益的甜美果實而努力追求機會，然而這真正讓人們享受到自由了嗎？還是給予更大的牢籠來限制人們選擇的自由？主角們藉由不同的觀點切入，對「自由」反覆論辯，同時以此與讀者對話，挑起一種對自身的凝視與反省。

書中另一個關注的重點是「空」。海安不愁溫飽，狂放不羈，個性特立獨行卻受

《傷心咖啡店之歌》朱少麟／著（九歌）

與世間現狀脫離的咖啡店，實則提供了一個化外之境，讓書中的人物進行辯證，也提供讀者一個不受時空控制的場域回頭凝視自身，深刻的反省。攝於台北金瓜石。

大家喜愛，在他宣揚自己的自由理論，傲視世俗禮法之際，他卻是空虛寂寞的。流連一個又一個城市，感情和愛卻無處寄託，反映了時下物質豐腴卻沒有目的的生活。這樣看來，他的極端自由並沒有給他帶來快樂。而藤條名利雙收之後，卻因為倒債入獄，之前的種種成就也一筆勾消。反倒是馬蒂，完全放棄原有的婚姻、家庭和工作，前往夢想中的馬達加斯加島，在一無所有的情況下，回歸最原始的清明本性，把道理都看清楚了，悟道也同時殉道。這個「空」，卻留下餘韻萬千。

傷心咖啡店一入夜就變成有著狂放音樂的小酒館。小葉此時充當酒保，為這個城市的人調配各式雞尾酒，其中有一樣是以蘭姆酒為基酒加上可樂的自由古巴（Cuba Libre）。

蘭姆酒主要原料是甘蔗汁，經過加熱熬煮繼而以真空蒸發使蔗糖結晶，發酵後再一次經過蒸餾，此時顏色呈透明，貯存於大木桶中一年使之熟化，然後移至不鏽鋼材質的容器保存，即成所謂的淡蘭姆酒（Light Rum）；而深蘭姆酒（Dark Rum）是在木桶裡貯藏五至七年，顏色偏褐且味道醇厚；介於二者之間的金蘭姆酒（Gold Rum）則是在第三年的時候開封，酒體呈金黃琥珀色。蘭姆酒的主要產地分布在加勒比海諸島，例如牙買加、波多黎各和古巴，其中以古巴出產的最為有名，知名的品牌如Bacardi，超級市場都可以見到。

淡蘭姆酒本身口感細緻，非常隨和，適合和各種材料搭配，如果汁、利口酒等，而不會失去它本來的特色。「自由古巴」的命名，聽說是美國人的點子，古巴自一八九八年脫離西班牙統治而獨立，卻在次年受美國占領直至一九〇二年，是目前美洲國家裡和美國唱反調唱的最厲害的一個。行銷全世界的可口可樂，在酒杯裡展現了大美國思維，略占上風，搶去蘭姆酒晶瑩的顏色，似乎暗示了美國對古巴的禁運手段以及種種圍堵政策，不但毫不掩飾其報復心理，也是向世界嗆聲宣示其強權姿態；殊不知輕啜一口，仍然可以感受蘭姆酒潛藏在酒底的原始豐厚的蔗糖味道，不同於可樂的漫無目的的甜，更隱隱透露了古巴人民不屈不撓、反抗

殖民統治，追求國家獨立的自由靈魂。若是這自由古巴真的是美國人所創的雞尾酒，它要不是弄巧成拙，就是偷渡一種極為高明的反諷。

《傷心咖啡店之歌》說出了現代人對利益的盲目追求，傳遞都市思維模式裡的荒謬，資本主義所帶來自由經濟的迷思，而那個與世間現狀脫離的咖啡店，實則提供了一個化外之境，讓書中的人物進行辯證，也提供讀者一個不受時空控制的場域回頭凝視自身，深刻的反省。

如同「自由古巴」，被霸權環伺之下巍巍昂首的精神。

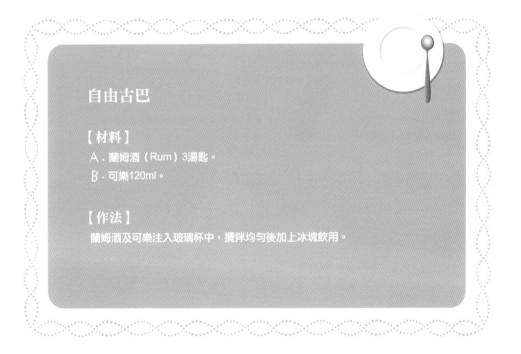

自由古巴

【材料】
Ａ．蘭姆酒（Rum）3湯匙。
Ｂ．可樂120ml。

【作法】
蘭姆酒及可樂注入玻璃杯中，攪拌均勻後加上冰塊飲用。

春遊瓦爾頓
湖濱散記 vs. 油醋沙拉

曾經有一段時間住在美國新罕普夏州的康科特,雖然貴為該州的首府,但是名氣遠遠不若鄰近的另一個同名城市。位於麻州的康科特(Concord)堪稱文學精神重鎮,歷年來陶養不少美國文學家,愛默森、霍桑和梭羅即是。而著名的《湖濱散記》,就是記錄梭羅在康科特南邊瓦爾頓湖(Walden Pond,或譯為華騰湖)的生活札記。

當時亦師亦友的愛默森在湖邊有一小塊地,十分慷慨的提供給梭羅當作一個隱居的地方,一八四五年三月,梭羅開始著手建造小屋,同年七月四日完成。居住在湖邊的期間,梭羅研究自然歷史、做做園藝、寫寫日記,並且完成他的第一本書:《河上一周》(*A Week on the Concord and Merrimack Rivers*),紀念他敬愛的哥哥約翰。

一八四七年梭羅離開瓦爾頓湖,將小屋還給愛默森,後來愛默森轉售給他的園丁;兩年之後,有兩位農夫輾轉買下它,將整座屋子遷至另一個地方當作穀倉使用。一九四五年的十一月,一群研究梭羅的愛好者在瓦爾頓湖北邊的樹林裡發現梭羅小屋煙囪的地基,遂在一九四七年以就地撿時起的石塊堆起來標示遺址。

《湖濱散記》*Walden* 梭羅(Henry David Thoreau)/著
孔繁雲/譯 (志文)

現在立於湖邊的小屋是根據梭羅的描寫，還有他妹妹蘇菲亞繪製的小屋外貌所建成。一進門正對著一個壁爐，壁爐前連接著是烹煮用的鍋爐，壁爐上方則是煙囪。左右兩壁牆各有一扇梭羅所謂的大窗戶，在講求採光的現代建築來說，仍顯得窄小，書桌便座落在其中一扇窗下。屋內沒有隔間，像是我們今天所稱的「工作室」，雖小卻五臟俱全。屋外連接著一個小小的儲物室，用來堆放材薪。沒看見廁所，想必是回歸自然吧！

唯一的一次造訪瓦爾頓湖，也是這樣暮春的五月天，新英格蘭地區悶熱的夏季還未開始，空氣中的分子因為水分而顯得緊緻，洋溢著一種甜甜的味道。非假日時候的瓦爾頓湖遊人不多，湖面一派平靜，清楚的倒映岸邊的蔥綠樹林，以及藍得沒有一絲雲彩的天空。時有鳥聲啁啾，偶爾有划船輕輕劃過水面的搖槳聲，卻完全聽不見市聲鼎沸，也無車馬喧擾。

經過梭羅追隨者的信念以及保育團體的努力，瓦爾頓湖得以保持自然生態，周圍的樹木禁止砍伐，許多當年記載在《湖濱散記》裡的野生動物如今還依稀可見。我沿著湖邊的泥土小徑散步，心緒也是清澈如許，試想一百五十年前梭羅便是在這裡寫下《湖濱散記》，我何其有幸，親臨前人的書中風景。在這裡野餐，烤雞、漢堡和馬鈴薯的強烈味道未免太破壞情調，輕淡爽口的油醋沙拉以及當季盛產的新鮮水果，似乎比較符合此時此刻的幽靜。

油醋沙拉頂好是用羅蔓生菜或其他青翠顏色的生菜，洗淨用掉水分後略為晾乾，用手折成幾段，將小蕃茄橫切一半加入，或加一些薄薄的小黃瓜片。醬汁的部分是混合橄欖油、義大利黑醋（Balsamic Vinegar）和洋香菜末，加上少許胡椒、糖和鹽調味。如果是帶出去野餐，將沙拉和醬汁分開來裝，要食用時再將醬汁淋在沙拉上拌勻。由於黑醋的味道會使得生菜更加鮮脆，橄欖油則減少菜葉的乾澀感，飲料不用太花招，冰涼的礦泉水加幾片檸檬就好，最後配上帶有甜味的水果，例如葡萄或草莓，如此輕淺沒有負擔的野餐便為此次的春遊畫下一個完美的句點。

其實梭羅在瓦爾頓湖的二年二個月又二天的生活裡不全然是離群索居，他不時進出康科特市集與人群接壤，母親和妹妹常帶著食物來拜訪他，有時他也招待各路朋友。當然，在溫飽兼顧、沒有友人打擾的日子裡，梭羅還是花了不少時間在瓦爾頓湖邊的樹林裡盤桓觀察，使得他後來以七年時間反覆潤飾修改的《湖濱散記》，具備了所有遁世者嚮往親近自然的感性，蟲魚鳥獸的詳細紀錄也充滿知識性。而瓦爾頓湖所提供的環境，深深的影響著梭羅，奠定他追求自然與人權的政治哲學思想。

我的瓦爾頓湖經驗大概不足以激發出什麼大成就，不過油醋沙拉的滋味倒是頻頻牽引我回顧那樣靜好的年月，隱世卻不遺世的生活型態。

油醋汁

【材料】
A. 義大利黑醋（Balsamic Vinegar）1/2杯。
B. 橄欖油1湯匙。
C. 蒜末1茶匙。
D. 洋香菜末（parsley）1湯匙。
E. 糖、胡椒、鹽酌量調味。

【作法】
A~E裝入玻璃調味瓶內混合均勻後冷藏，約一個小時後即可食用。

就是晃蕩
理想的下午 vs. 冷泡茶

受友人之邀，結伴去聽一場題目為「門外漢的城市行旅」的座談會。

之前只有零零碎碎的讀過舒國治在報章雜誌上的文章，並未有系統的閱讀，手邊也沒有一本他最近火紅的散文集子。所以我挺期待聽到的是他如何展開個人風格的旅行，並且如何形諸文字。出乎意料，會中他神色自若的談起美東美西值得遊玩的景點，像是旅行團的行前說明會，但是他顯然不是口才很好的導遊，而且連地圖也沒有。剛開始，對於這一場座談會真的有點失望。

不過，我還是買了一本《理想的下午》，請他簽名。

搭公車回家的路上，我反芻剛剛舒國治的演講，慢慢的，倒也歸納了一些令人玩味的想法。

言談之中，他提到了一點關於旅行的「跋涉」精神。一趟旅行因為有了跋涉而別具風味且印象深刻。跋涉並非單指旅程的艱辛過程或是真正的千山萬水，舉凡旅途中交通工具轉乘的曲折、尋訪既定目的地未成皆可含括。因為不在計畫之中的

《理想的下午──關於旅行、也關於晃蕩》舒國治／著（遠流）

「理想的下午，宜於泛看泛聽，淺淺而嚐，漫漫而走。」舒國治說的。攝於新竹寶山。

意外發生，才具備了冒險的元素，旅程裡擁有一些不確定才更加好玩了。聽到這裡倒是激起心中的共鳴，舒先生的人生際遇是不是也是如此，先是想做電影，爾後落入寫作，雖然稿量仍顯小宗；又，浪跡美國七載漂蕩共四十四州，很難想像，是不是也是一連串的意外使然？

回到家，一屋子的悶熱，我打開冰箱拿出昨天放進去的冷泡茶，給自己倒上一大杯，就口前聞到錫蘭紅茶浸泡後的冷冽清香，頓時神清氣爽起來。睡前，翻開舒國治的《理想的下午》開始閱讀，讀著讀著呷一口茶，竟覺舒先生的文字與冷泡茶挺合味。

浸泡在冷水裡，茶葉中帶甜味的氨基酸分子，比較容易先溶出，而苦澀來源的單寧酸、咖啡因反不易釋出，較不會影響胃壁及睡眠。濃烈的喉韻回甘談不上，應該說是一種清冷的爽涼味道，入口甘甜舒服，好似洗去一整天的奔波疲憊和塵土，有一種心安，平靜而坦然，適合在煩躁的暑熱裡降一降火氣。

捨棄熱騰騰的開水沖茶，而以冷水浸泡茶葉，就像是舒式風格。舒式風格看來似乎是一種逆向思考，他說：「學有專精的人才有機會變的更糟。」想他寧捨門內漢，而專事門外漢的晃蕩，就不無趣味。也許太專業且敬業的旅行者，太講究研讀當地文化風俗，反而喪失了閱讀人景、及更值得注視的當下風情。所以舒國治的書中，對於旅人的心情狀態有最佳的深刻描寫，筆墨細膩卻韻味淡出。也許就是這種門外漢的精神吧！不需要研究得太仔細，也不要計畫的太周全，卻依然享受旅行中的種種精采。

《理想的下午》是他從一九八四年到二〇〇〇年之間散文的集結，細細描繪身為旅人的體驗，並且不著痕跡的旁徵博引，敍述各地風土人文的差異，沒有掉書袋的賣弄，筆調輕鬆幽默，讀來暢快。

「理想的下午，宜於泛看泛聽，淺淺而嘗，漫漫而走。」舒先生的這一段文字讓我想起曾經在印第安那大學布魯明頓校區（Bloomington）的生活。

入學第一年住在位於校園東北邊的研究生宿舍，而上課的法學院大樓及圖書館靠近學校的西南邊，雖說校區並不大，上下課卻幾乎是橫跨校區的十幾二十分鐘步行，有不少同學引以為苦。為了讓上學的路途變得更加有趣，我提早出門，每天選一條不一樣的路徑，有時必須要穿越某一棟建築物，或是經過校長家的前院，或是跨越一條冬季裡乾涸的溪床。就這樣，我慢慢的繞道摸索，散步尋找新的路線變成一種享受，穿越不同學院的大樓時也趁機欣賞建築格局，常常在圖書館裡看書看累的空檔，就起身到校園裡晃盪。

也是晃盪，在許多人覺得布魯明頓校區偏僻無聊沒什麼娛樂活動之際，我倒是晃出許多趣味來。

「然在隨時可見的下午卻未必見得著太多正在享用的人。」大抵就是舒式生活的最好結語，也是閱讀舒先生的文字與我合拍的地方，在大家輕忽的之處享受生活，自我感覺良好最是重要吧。如此想來，舒先生在座談會上怡然自得、隨興言談的模樣，不也是挺舒式風格嗎？

冷泡茶

【材料】 每一公升水量可搭配的茶葉量

A．紅茶茶包兩包，大吉嶺或是錫蘭紅茶為佳。

B．高山烏龍茶一大匙，可酌加五顆龍珠茶，或是杭白菊。

C．碧螺春一小匙。

D．日式煎茶或玉露一大匙。

E．菊花五朵，枸杞一小匙。

【作法】

1．將茶葉或茶包放入一公升容量的瓶子內，注滿冷開水。

2．放入冰箱一夜，隔日即可飲用。

3．盡快飲用，最多不要超過三天，以保持新鮮口感。

4．如冷泡E，第二天要將菊花枸杞先撈出丟棄。

下一個轉彎的風景

布魯克林的納善先生 vs. NG蛋糕

這一家麵包店沒有像附近幾家同業位在繁忙的大馬路邊，倒是座落在一座社區公園旁的街角，店面不大，反而占盡轉角的好處，光線充足，非常明亮。靠近人行道的那面玻璃櫥窗，展示著剛出爐的麵包；另一面面向公園的窗戶邊則擺放一排桌椅，可以小坐，喝一杯咖啡。這裡滿盈著鄰里巷弄間的溫暖感覺，還有隨手可得的悠閒氣氛。

店裡有全天候的午茶優惠，任選一款蛋糕櫃裡的蛋糕，加上一杯飲料，可以避開夏日的炎熱，消磨一個不受打擾的午后。我點了一壺綠茶，另外在蛋糕櫃裡發現一種「NG蛋糕」，透明盒子裡裝著各式賣相不佳的蛋糕，都只有一小塊，想必是「NO GOOD」：蛋糕做壞的部份，或是切剩下來的蛋糕邊邊。一次可以嚐到多種口味，似乎也不錯。

帶在身邊的書是保羅・奧斯特的《布魯克林的納善先生》。選坐在明亮的窗邊，隨著麵包蛋糕的出爐香、輕輕的音樂和店員的談笑聲裡，展卷讀了開來。

閱讀中間，我不時抬頭望著窗外行經的路人，或是在公園裡玩耍的孩子，恍惚中，竟然也有置身於布魯克林區的錯覺。

《布魯克林的納善先生》 *The Brooklyn Follies*
保羅・奧斯特（Paul Auster）／著　李永平／譯（天下文化）

死掉的是過去失敗的婚姻還有亂七八糟的人生，對他來說其實是一種新生，另一個起點。攝於紐約曼哈頓。

納善先生，經過癌症病痛的折磨，與已成怨偶的妻子仳離，在尋找一個安靜的地方死掉，結果選了他兒時曾經住過的布魯克林。本來只是想要安靜的度過餘生，卻意外地和久別的外甥重逢，進而認識了形形色色的人物，有痞子書店老闆、變裝皇后、喪妻之痛的旅店主人……納善先生的終老生活因此變得緊湊有活力，精神奕奕。

奧斯特藉由納善先生之口，盡職地娓娓道出各個人物的經歷，不厭其煩的口氣更具有人道關懷的意味，有誰會比罹患癌症，擺脫婚姻生活，退休等死的人更豁達，更願意傾聽他人的故事？或換句話說，誰又會比一個獨居、無所事事的老人更愛聽八卦、聊八卦呢？納善先生並沒有真正的死掉，死掉的是過去失敗的婚姻還有亂七八糟的人生，對他來說其實是一種新生，另一個起點。

如同NG蛋糕，書裡的人物生命中都有一段NG的插曲，儘管NG的輕重大不相同，卻成就了一則則各自獨立生成，卻相互牽扯的人生故事。

《布魯克林的納善先生》沒有讓人激動落淚的煽情橋段，也沒有精彩到令人拍案叫絕（雖然有好幾次我幾乎要為故事裡的轉折和巧合大吸一口氣），可是一路讀下來，彷彿聽著街頭巷尾的絮聒，這些人物便是我的左鄰右舍，住在巷子口的張媽媽，開便利商店的王小華……更重要的是，這些人啊，都與我一樣，是寂寂無名的個體，都是茫茫人海裡的小人物，他們對這個時代沒有什麼推波助瀾的重要性，不曾參與改變這個世界的運行，一生中難以算得上的豐功偉業也只有被他們的家人所記得。這些無關緊要的平凡生活，卻是這一本書最優美吸引人之處。

書中提到一個「生存旅館」的概念，那可以是一個形而下的機構或地方，或更像是一種形而上的心靈烏托邦，可以避世靜靜的療傷；雖然納善先生和他外甥發現在佛蒙特州的「周德旅館」非常適合作為「生存旅館」的所在，但是大家終究還是回到布魯克林，「生存旅館」的意義或許不必遠求，其實現世裡的自我領悟與他人的體貼關懷也可以成為生存下去的動力。

在西方文化中較為鬆散的家庭結構，在本書中獲得重建，甚至擴大到鄰里的互助關係裡，使得書頁中傳達一份正面、樂觀的能量。

窗外下了一陣雷雨，將仲夏的悶熱稍稍洗去了一些，街上的行人避過急雨之後又三三兩兩的出現，孩子的笑容重新綻放在公園裡。

生活裡有許多不如意，但無傷大雅，像NG蛋糕，倒是雜陳不同口味，別具風格。而這間在街角的麵包店也成為我的「生存旅館」，讓我的心靈歇息，思緒沉澱，闔上書，只覺得舒服暢快。

NG，重新再來。

NG人生，不過是停頓下來，看一看風景，再繼續開始。

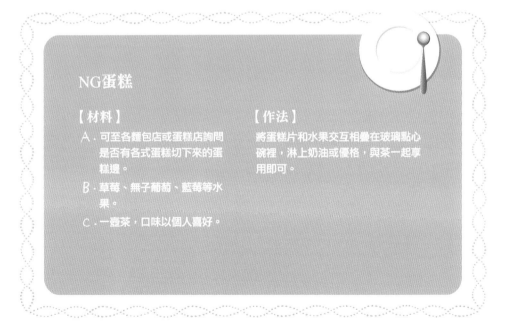

NG蛋糕

【材料】

A. 可至各麵包店或蛋糕店詢問是否有各式蛋糕切下來的蛋糕邊。

B. 草莓、無子葡萄、藍莓等水果。

C. 一壺茶，口味以個人喜好。

【作法】

將蛋糕片和水果交互相疊在玻璃點心碗裡，淋上奶油或優格，與茶一起享用即可。

人生，敬你和我
戴眼鏡的女孩 vs. 人生三明治

自從小學五年級開始戴眼鏡，我的世界就變成醒著的和睡著的，實體和夢幻的視覺風景因此被切割得齊齊整整。

戴著眼鏡，世界變得清楚明亮，人來人往變得明快有秩序，我的步履踩踏起來也很確定，東南西北的方向不曾指認錯誤。拿下眼鏡，彷彿離開了這一切，視線模糊起來，人與人的界線不再清楚，空間的邊緣也消失不見。

這樣截然不同的世界僅僅是一個戴脫眼鏡的動作而已。

那是一個大雨滂沱的夏季午後，在重慶南路上急急忙忙地躲進咖啡店，讓靜靜的爵士旋律安定了一身的濕漉，拭去眼鏡片上的水汽。手裡拎著剛剛買的書《戴眼鏡的女孩》。封面的圖案是一扇懸吊著黃金葛的窗口，隔著下著雪的擁擠街道，望向對面一間氣氛熱絡的舞蹈教室。我坐在咖啡店裡的大落地窗前，面對窗外倉皇失序的街景，開始閱讀。

在《戴眼鏡的女孩》裡，由一個叫做卡德琳的小女孩來述說回憶在巴黎度過的一

《戴眼鏡的女孩》*Catherine Certitude*　派屈克‧蒙迪安諾／著　桑貝／插圖　邱瑞鑾／譯（時報）

攝於美國芝加哥。

段童年往事。卡德琳記憶中的父親，也是戴著眼鏡，每每遇到不順遂的事，或是想要避開聒噪的言談時，父女倆便摘下眼鏡，暫時遁入一個冥想的世界，靜待現實環境裡的不如意消失。

這樣面對世界的態度也許是某種程度的自我解嘲吧，有時卻也成為過度的自我催眠。

有一回，卡德琳的父親在某個宴會上認識了一位了不起的人物，以為會因此得到事業上的幫助，於是做著飛黃騰達的白日夢，相信有一天這位大人物會記得回他的電話談談了不得的大生意。他在每天早晨面對著窗外打領帶時，以堅定的口吻說：「人生，敬你和我！」彷彿一切充滿了希望。隔著年輕的眼鏡，卡德琳靜靜地注視著夢境的升起與降落，在城市的邊緣，一個如此微不足道的小小期盼，竟是這麼不容易實現。

卡德琳的舞蹈老師狄絲邁洛娃小姐操著一口俄國腔的法文，在那個戰後頹廢的年代，無形中替她的藝術家身分鑲上了一個光環，而事實上她真正的身分不過是巴

黎郊區土生土長的餐館老闆的女兒，曾經與卡德琳的父母是舊識，當卡德琳知道這段往事，要求父親上前和狄絲邁洛娃小姐相認，父親只是寬容的笑說：「應該讓她和她的顧客留在夢境裡吧！」

儘管本書裡隱隱透露著屬於市井小民淡淡的悲哀，插畫家桑貝（Sempé）幽默的筆觸卻將情緒轉化成柔和的色調，像三明治一樣，將這些生活上的喜悲細細的層疊起來，夾進塵世裡的五顏六色，然後咬下一大口…不就是過日子嘛…

卡德琳的父親在每天早晨面對著窗外打領帶時，以堅定的口吻說：「人生，敬你和我！」彷彿一切充滿了希望。攝於馬爾他。

三明治的製作可以很隨興，似乎不需要特別的食譜，只要有一條吐司或任何可以切開來夾東西的麵包，再加上一點創意了。通常我會先將麵包烘烤至略為焦黃，外酥內軟，塗上薄薄一層美奶滋，放一片起士，然後加上生菜及火雞肉片，再淋上芥末醬，灑些胡椒粉。稍微豪華一點的話，把法國麵包切片，淋上一點橄欖油，入烤箱烘烤一下，薄薄一層原味cream cheese，疊上苜蓿芽或新鮮小豆苗，薄片黃瓜或切成鋸齒狀的白煮蛋，最後放上一片燻鮭魚或抹上魚子醬……哇！真是完美的一餐！

此時可以想像自己坐在塞納河畔的長凳上，摘下眼鏡，感覺陽光舒服的亮度剛好使得河水閃爍著動人的金光，拿起自己做的三明治配上一小杯帶甜味的白酒，頓時擁有了一天最美好的時光，巴黎小市民的片刻幸福。

「人生，敬你和我！」

人生三明治

【材料】
隨性。

【作法】
隨性。

性不性
我是乳房 vs. 白色俄羅斯

也許是在「好寶寶」守則下成長的緣故，酒，在潛意識裡是一種禁忌，「喝酒」這個動作似乎預示了一個「亂性」的下場，這個下場是很糟的、很掃興的。所以一直沒什麼意願去PUB、酒館，凡是和酒沾上邊的，自動變成不愉快的聯想。現在想起來倒是挺可惜的，殊不知酒亦和音樂、詩歌以及自由的生活態度大有關聯。

如今潛意識裡「酒＝禁忌」的封印逐漸打開，遂將家中一矮櫃清理出來，開始收集各式基酒。對於調酒，跟我做菜一樣，最初也是一竅不通，後來卻一股子勁兒就瘋狂地愛上了，手邊一本號稱有一千四百種調雞尾酒方式的酒譜 The Bartender's Guide，算是我的吧台聖經。

很多人對烈酒總喝不下口，辛辣嗆鼻，還小小的一杯，似乎不夠痛快。雞尾酒就有這點好，把高濃度的酒精包裝在果香或其他口味裡，因為順口，不知不覺就上了癮，而酒精便趁勢占領了你的知覺。每每聞到咖啡的香味，無端就有一種幸福感，「白色俄羅斯」是一種有咖啡味道的調酒，正合我意，所以當我偷偷把爸爸珍藏多年的Kahlua開封的時候，幾乎將鼻子塞進小小的瓶口，聞個過癮。

《我是乳房》The Breast 菲力普・羅斯（Philip Roth）／著　陳蒼多／譯（新雨）

攝於荷蘭阿姆斯特丹。

Kahlua是墨西哥牌子的咖啡利口酒，所使用的墨西哥咖啡豆是與甘蔗一起烘烤，配製過程中則加入了一些香草和香料；另外一個知名的牌子則是Tia Maria，成分則是牙買加咖啡加上蘭姆酒調製而成。

首先準備一只玻璃杯，緩緩倒入Kahlua，深褐色的液體流淌成稠狀，如同女人乳房的膚質，柔軟如綢緞，光滑有彈性；然後倒入四倍分的牛奶，牛奶的香甜混合Kahlua的醇厚口感，在舌尖稍稍停留，酒氣與奶香讓我疑似回到無牙小兒，嗷嗷吸取母親乳汁之後所得到的莫大滿足感。小小啜一口白色俄羅斯，不自覺聯想到女人的乳房，氣味香甜，觸感滑潤飽滿⋯⋯不過，我只是想想而已喔，卻有一個男人，竟然在一夜之間變成一隻巨大的女人乳房！

撰寫「美國三部曲」的菲力普・羅斯，被喻為過去二十五年來最好的美國作家，曾經在一九七二年發表一部短篇幅的小說，《我是乳房》。這本書裡，一位年輕的大學教授大衛・克培斯在一夜之間因為某種內分泌的巨變，而變成了一隻六英呎長、五十五磅重的女性乳房，他變得沒有嗅覺、味覺，也不能移動，但是他的觸覺卻異常的靈敏，醫生發現他的乳頭部分是由原來先男體的龜頭所形成的，而乳暈的部分則是由陰莖的軸部變形而來，所以，每當護士來為他洗臉的時候，他總是欲仙欲死的大呼小叫。

攝於台北十三行博物館。

醫生們用不同的數據和醫學名詞對他喊話，還有少數親人朋友的拜訪，最後他不得不接受自己已經成為一隻乳房的事實。變形，只是一個契機，菲力普・羅斯藉著這一變形的過程，讓主人翁自說自話，剖析自己的童年以及與他人之間的互動關係，而最終理解到他必須改變自己的態度來適應生活。

關於這一個變成乳房的故事其實還沒完呢，作者分別在一九七七年的 *The Professor of Desire*

回溯大衛的早年經驗，指出他對性的種種渴求和幻想都是源於心理上的不安全感，以及二〇〇一年的*The Dying Animal*（中譯本《垂死的肉身》），關於步入晚年的大衛，終究還是因為無法承諾而在感情上挫敗。

許多讀過榮獲普立茲獎的《美國牧歌》的讀者對此書的評價不大高，大概覺得菲力普·羅斯過度操縱他的性幻想，才會寫成這樣一本沒有什麼深度的書。我倒覺得這一個實驗性質的狂想有某種原創的活力，讀小說，有時倒不用太認真。或許就是因為經過超現實主義的寫作技巧磨練之後，菲力普羅斯才在日後創作了膾炙人口的「美國三部曲」吧！

當然，這雞尾酒的魔力還不至於讓我一夜之間突變，飲盡這杯白色俄羅斯之後，我在溫柔的酣夢中，彷彿回到媽媽的懷裡，一口一口吸吮無比的幸福。

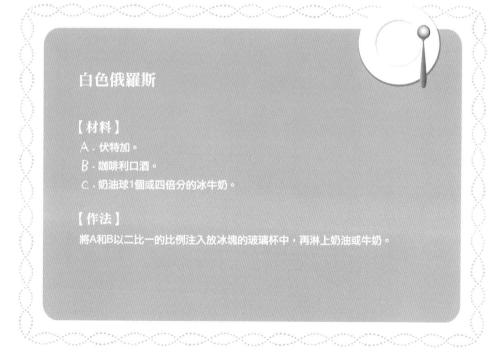

白色俄羅斯

【材料】
　Ａ·伏特加。
　Ｂ·咖啡利口酒。
　Ｃ·奶油球1個或四倍分的冰牛奶。

【作法】
將A和B以二比一的比例注入放冰塊的玻璃杯中，再淋上奶油或牛奶。

欲嚐。

糯米作成的麻糬以其軟肥滿又能帶Q黏的口感，那種
在嘴內舌尖翻嚼的飽滿的纏綿，是米食，特別是帶黏
性的糯米才能有、也因而無從取代的慰安。

——李昂《鴛鴦春膳‧珍珠奶茶》

所以說這一餐畢竟是多做了一點，人生總是沒有剛剛好的。
一個人的話可以帶便當，讓生活豐盛有餘。
兩個人或許可以分食，纏綿悱惻，讓幸福成雙。

食譜分量：2人分

情節
麥迪遜之橋 vs. 英式早餐茶

煮了一壺英國茶，準備了牛奶和冰糖。

你曾經是酗咖啡的，後來戒掉了，改喝茶，特別是英國早餐茶，因為它清淡，不傷胃，適合一大早起來飲用；又由於它的氣味醇厚，在一天的任何時候喝一杯，都很舒服。還記得你說過要把牛奶熱過，熱牛奶的氤氳可以把茶的香味提起來，冰涼的牛奶不但會蓋住茶的味道，還會降低溫度，一杯茶很快就冷了，還來不及讀完書裡的一個章節。

「我總是在星期天早上坐在陽台上看書。」你笑著說。

我們相遇在一九九八年的元旦，空氣中埋伏著一種除夕狂歡後奇異的寧靜，鎮得冰冰涼涼，很不容易攪拌開來。

當我推開咖啡店的玻璃門，看見你已經坐在那兒，灰藍色斜紋毛衣，淺棕色絨布休閒褲，椅背上搭著一件黑色皮夾克。你問我喝什麼飲料，我還沒來得及坐下來，匆匆應了聲：「咖啡摩卡。」你自己則點了英國早餐茶。趁著你去櫃台端咖

《麥迪遜之橋》*Bridges Of Madison County* 羅伯·J·華勒
（Robert James Waller）/著　吳美真/譯（時報）

攝於美國加州。

啡時，我才發現自己的妝扮過於正式，一式長風衣在這小小的桌椅前顯得侷促不安。脫掉大衣又無處可掛，只好摺疊起來屈就於膝上。

午後兩點，空氣分子開始甦醒。

你有一雙湖綠色的眼睛，總是很認真的看著我，讀著語言之外，蹙眉、咬唇、撥髮或旋轉咖啡杯的各種肢體表情。還有那一頭棕色直髮，柔軟服順地搭在額上，像一個心地也很柔軟善良的小孩。我們聊起文學、電影、音樂和旅行，天南地北，覺得彼此真有默契。直到天空收拾起光譜，才發現夜色降臨。而我們都沒有察覺，那一天竟然也會是我們最後一次見面。

天真的以為，一切才剛剛開始。

後來每當泡一杯英國早餐茶，總是想起你，以及這部拍成電影的小說，《麥迪遜之橋》。我會配上一顆黑巧克力，純巧克力濃得有些苦了呢，就嚐一口茶，如同愛情裡極大的甜蜜，總是含在苦澀的分離裡。

書中的Francesca在一個悶熱的夏天遇見這位前來問路的攝影師，Robert。當時，她的丈夫和兩個孩子進城裡去參加農產品大賽，好幾天不會回來，她正在屋前的長廊下啜飲著冰檸檬水，享受著難得的寧靜。然後，一身牛仔裝束的Robert，橫過她家門前的小徑走過來，問她Roseman Bridge的位置。漂泊不羈的Robert在短短的四天裡愛上了Francesca，對於真正相知的愛情，四天和四兆光年並沒有什麼不同；而長久以來身為賢妻良母的Francesca，終於發現自己埋藏已久的狂野靈魂。

「If you'd like supper again when "white moths are on the wing", come by tonight.」當Francesca知道Robert會去拍攝Roseman Bridge，所以在橋上留下紙條邀請他來晚餐。這張紙條成為開啟兩個寂寞靈魂的鑰匙，他們暫時忘記世俗禮教，單純的讓彼此的靈魂相遇，纏綿出一段刻骨銘心的愛情。Robert始終保留

著這張紙片，這是在他往後的生命裡回憶起這段邂逅，唯一可以說明她確實存在的證據。

同樣的，我用茶的香味來證明你曾經出現在那個水涼的下午，想念著你身上一種屬於西部牛仔特有的溫暖。你當然不知道我在暗戀著你，就像英國早餐茶一樣隨意平常，忘記它也可以是這樣醇厚深刻。

Francesca終究沒有隨著Robert浪跡天涯，她選擇了家庭，選擇責任，選擇讓她的靈魂重新沉睡，直到死時，她留下的遺言是：「請將我的骨灰灑在Roseman Bridge橋下。」

這部電影我看了五遍，原著也反覆讀了無數次，耳邊時常飄忽著Robert對Francesca說的這一句話：「在這充滿不確定的宇宙中，不論活過幾生幾世，如此確切的愛只有一次。」。

而視線裡總是徘徊著那一幕Robert在大雨滂沱裡漸駛漸遠的身影，一如那天晚上你倒車滑入街心，開離我的生命。

英式早餐茶

英式早餐茶的發源地是蘇格蘭，是混搭不同產地的幾種紅茶以一定比例拼配而成，通常包括印度茶（取其濃度）、錫蘭茶（取其滋味）和肯尼亞茶（取其色澤）。一些英式早餐茶也會配有中國的紅茶。

英式早餐茶是一種醇厚的飲料，帶有淡淡的花香，適合搭配牛奶或檸檬片。愛爾蘭早餐茶主要以阿薩姆茶為主，在混搭其他產地的紅茶，通常加牛奶飲用。

用茶包沖泡，飲用時要把茶包撈出，以免茶包浸泡太久而變苦了。散裝的茶葉可以置入濾茶器內，沖入熱水，浸泡時間也要注意，記得移開濾茶器再飲用。如果喜歡濃厚一點的奶茶滋味，可以試試用煮的。鍋子裡放入約2杯水，開火加熱至水微滾，加入1大匙的茶葉，繼續煮約1分鐘至1分半鐘，煮的時間長短依個人喜好的濃淡程度調整。然後加入1杯至1杯半的鮮奶，繼續煮開約1分鐘。最後用一個濾網，將奶茶中的茶渣過濾，可依個人喜好加糖。如果用袋茶，則可以省去過濾的過程。

戀人啊

斷背山 vs. 蜂蜜芥末醬

製作蜂蜜芥末醬（honey mustard）的祕訣，是先將蜂蜜和芥末醬以一比一的分量混合均勻，然後再以個人喜好酌加蜂蜜或芥末，或加橄欖油、美乃滋或是醋來調味。

西式芥末醬有多種口味，微微酸味的黃芥末醬（yellow mustard）適合美式熱狗；帶點甜味的巴伐利亞風味的芥末醬適合德國香腸；來自法國狄戎地區的狄戎芥末醬（Dijon Mustard），是先將芥末子磨成粉末，再以酒醋或是發酵的葡萄汁溶入，混合其他的香料調合而成，看似柔滑順口，味道卻是濃烈辛辣，最適合做蜂蜜芥末醬。拌入蜂蜜之後色澤偏橙，滋味則變成淺淺的甜轉而帶點酸澀，當做麵包抹醬或是拌沙拉都可以呈現豐富的口感。

蜂蜜芥末醬讓我記憶味覺裡美好的部分，搭配麵包的滿足感，或是與生鮮蔬菜清脆的合鳴；可是，化作視覺的想像，卻總是一幅黃昏將暗未暗的天色裡，無人淒清的草原上一堆跳躍著橙色光芒的營火，傍著雄壯漆黑的山稜線。

是的，又甜蜜又酸澀的滋味，讓我想起蒼茫的《斷背山》。

《斷背山——懷俄明故事集》Close Range 安妮・普露（Annie Proulx）／著　宋瑛堂／譯（時報）

攝於美國加州。

《斷背山》是美國女作家安妮‧普露的短篇小說，描寫兩個懷俄明州的牛仔之間長達二十多年的感情。他們初識的場景就是斷背山，一整個夏天都在這一個高海拔的森林和原野間牧羊。在群山萬壑的大自然包容之下，使得他們不自覺的突破身體的界線，也抒發了對彼此情感的認同。然而，如此自然的情緒，回歸到群體生活的約束之下，卻不得不用各種藉口來否認掩飾，所祈求的不過是平靜的終老一生而已。終究，人並不是生而平等自由的。這段同性感情不被允許，就連他們自己，也對同性之間的情愛揣揣不安，唯一可以信任的僅僅是對彼此無法割裂的思念，以及斷背山上的回憶。

這個故事處理的其實並不單單是同志情慾的壓抑，而是直接注視每個人心裡長久放置的微妙感情，卻因為世俗不公平的眼光而夭折，或是狹隘的道德觀而被迫放逐；這些被邊緣化的愛情，不僅僅發生在同性的戀人身上，更可以反映在所有因為年紀懸殊、不同種族或宗教，或是因為貧富差距而不被祝福的愛情。

安妮‧普露的書寫有趣的地方是，她使用粗鄙的文字、日常而沒有文法的對話來增加人物的生動性，對情節的鋪陳點到為止，留給讀者許多隱晦的想像空間；但是在描寫自然景色的時候，卻字句斟酌，簡單而精準的給予一個可以凝視的畫面。在刻畫人物之間的情感時，又是細膩溫柔。

「白天時，恩尼司往大山谷另一方眺望，小小一點在高地草原上行走，狀若昆蟲在桌布上移動；晚上傑克待在漆黑的帳篷裡，將恩尼司視為夜火，是巨大黑色山影裡的一粒紅火花。（During the day Ennis looked across a great gulf and sometimes saw Jack, a small dot moving across a high meadow as an insect moves across a tablecloth; Jack, in his dark camp, saw Ennis as night fire, a red spark on the huge black mass of mountain.）」

短短的幾行，不但讓讀者和書中人物瞭望相同的景色，也隱隱透露兩人緩緩滋長的情愫。

這些被邊緣化的愛情，不僅僅發生在同性的戀人身上，更可以反映在所有因為年紀懸殊、不同種族或宗教，或是因為貧富差距而不被祝福的愛情。攝於台北，同志大遊行2006。

故事的最後，恩尼司發現了傑克衣櫃裡的襯衫，事實上是將兩人的襯衫穿在一起，「一對襯衫宛若兩層皮膚，一層裏住另一層，合為一體。（the pair like two skins, one inside the other, two in one.）」，是傑克遺留下來關於兩人隱晦的感情的唯一線索，這一段描寫呼應了之前一則令傑克記憶深刻的往事，「……以沉默的擁抱滿足了某種共享而無關性愛的飢渴。兩人如此在營火前站立良久，火焰拋出微紅光塊，兩具肉體結合為一根僅靠岩石轟立的樑柱。（…the silent embrace satisfying some shared and sexless hunger. They had stood that way for a long time in front of the fire, its burning tossing ruddy chunks of light, the shadow of their bodies a single column against the rock.）」

牛仔的豪邁狂放，全都折疊在這兩件舊襯衫裡，疊進記憶深處。

就像一個長而彎曲的甬道，歷經十數個生命的隘口，最後停將下來，望回看的時候，會驚訝自己怎麼就這樣走過來了。回首來時，記憶沉澱下來才逐漸明白，這一生只有一個人的背影最清晰可辨，卻無法觸及，接下來的旅程裡只有依憑這樣的背影共度餘生。

《斷背山》是讓你闔上書本後許久，才開始熱淚盈眶的故事。

後記：盼了又盼，李安的《斷背山》在台灣上演了，這之前已經得獎無數，後來才榮獲金球獎最佳影片及最佳導演等四項大獎，如此光芒四射的電影，讓我有點擔心，就像許多得獎的電影，結果並沒有期待中的好看。

不過，還是衝動的買了票。

電影院裡竟然不到三十人，我想好險，本來以為會爆滿，這樣反而可以坐的舒服些。

基本上，電影的內容很忠於原著，連安妮‧普露看了電影都說恩尼司和傑可宛如從書中走出來了。

李安確實拍出書中的景色，細膩的情感，我想更重要的是，他傳遞了普露書中沒有言明的地方，卻仍然不著痕跡。

就像讀完原著後許久才開始感動莫名，我走出電影院，伴著冷風踩著人聲稀薄的街道回家，淚水在微亮的夜色裡翻飛起來。

這一次，真的要為李安鼓掌很久很久。

蜂蜜芥末醬

【材料】

A．蜂蜜一大匙。

B．狄戎芥末醬一大匙。

【作法】

1．將A和B以一比一的分量調拌均勻，視口味再酌增或減蜂蜜和芥末的量。

2．若要調成沙拉醬，可加入義大利黑醋（Balsamic）、橄欖油和美乃滋，將醬汁調稀一點。

微微的酸澀
油炸綠蕃茄 vs. Fried Green Tomatoes

看完電影「油炸綠蕃茄」的好多年後，在芝加哥一家專賣南方菜的店「Red Fish」第一次嘗到道地的油炸綠蕃茄，那滋味就像這個同名電影裡的女性情誼，教人感動的要落淚。

年屆中年的艾芙琳（Evelyn）在安養中心遇見一位愛話當年的老婦人妮妮（Ninny），同她說起「油炸綠蕃茄」的故事。那是發生在一九三〇年左右的喬治亞州南邊一個叫做汽笛鎮（Whistle Stop）的地方，從小個性倔強的艾姬（Idgie）在一次火車意外失去了最疼愛她的哥哥巴迪（Buddy），原本古怪難以相處的個性變得更加孤僻；溫柔保守的露絲（Ruth）雖也深愛著巴迪，卻堅強的活下來結婚生子另組家庭。露絲的友誼讓艾姬逐漸開朗起來，艾姬勸說露絲離開暴力相向的丈夫，後來兩人合開了一家名為「汽笛鎮餐廳」（Whistle Stop Cafe）的餐飲店。露絲研發特製的油炸綠蕃茄特別有滋味，遠近馳名，變成「汽笛鎮餐廳」的招牌。經歷不少生活上的變故與波折，這段感人的友誼一直延續到露絲去世。

艾芙琳受了這個故事的鼓舞，開始懂得如何堅持己見，適時發洩情緒，尋回

《油炸綠蕃茄》Fried Green Tomatoes at the Whistle Stop Cafe
芬妮・富蕾格（Fannis Flagg）／著 股于工作室 ／譯（伯樂）

攝於台北關渡。

自己的信心，不再是遵從丈夫的小女人。或許這裡並非意圖傳達「女人們站起來」的訊息，而是平鋪直敍一個普遍弱勢的環境裡女性的堅毅精神和彼此相互扶持的友誼。這個弱勢的環境不只是長久以來父權社會的宰制所造成，女人本身也曾參與這樣的打壓工作。劇中有一段艾芙琳在購物中心的停車場被年輕女子搶去停車位，還被輕蔑嘲笑的情節，這不是一種諷刺嗎？女人自己都小看自己了，還要求什麼女權呢？當然艾芙琳接下來毫不猶豫把那名女子的車撞的稀巴爛算是一種平反吧！

這部電影是改編自芬妮‧富蕾格（Fannie Flagg）原著小說《汽笛鎮餐廳的油炸綠蕃茄》（ *Fried Green Tomatoes at the Whistle Stop Cafe* ），書裡的汽笛鎮餐廳是真有其店，原址其實是位於阿拉巴馬州艾朗戴（Irondale）小鎮的艾朗戴餐廳（Irondale　Cafe），曾經是富蕾格的姑媽貝絲（Bess）開的餐館，書中艾姬和露絲的角色也是根據姑媽貝絲和她的一位摯友為原型。後來餐館在一九七二年轉手給現在的主人，一九七九年改建後擴大經營的有聲有色，還銷售特製做油炸綠蕃茄的麵包粉呢！

大費周章的郵購那個特製的麵包粉倒是不必了，油炸綠蕃茄做法其實很簡單。先將綠蕃茄（或是還沒熟透的紅蕃茄）去掉頭尾切片約半公分厚，正反面灑上些許鹽和胡椒，另外蛋打散加一湯匙水或牛奶，麵粉和麵包粉分別舖放在兩個淺盤上。依序將蕃茄均勻沾上麵粉、浸蛋汁，最後還要裹上麵包

粉，才會有酥脆的口感，放進鍋裡炸或煎，兩面各約二分鐘。可以用煎培根釋出來的油，會比較香，其他的油亦可。

於是油炸綠蕃茄外面包裹金黃色的薄薄酥皮，內有綠蕃茄微微的酸澀，卻多汁爽脆，單獨入口或配上南方口味的辣醬都很棒。

與好友攝於日本神戶。

咬一口油炸綠蕃茄時不禁想著，艾姬和露絲如此深厚的感情是不是由愛情昇華而來？芬妮‧富蕾格曾公開自己的同性戀傾向，《油炸綠蕃茄》的原著裡也確實交代了露絲和艾姬的感情，但是為了提高一般觀眾的接受度，在改編成電影時這些片段都略去了。

即使如此，咬下第二口時，我還是認真的相信女人之間真摯的友誼是帶有愛情成分的，像是這片綠蕃茄，包裹在那樣厚重的外衣下面經過高溫的油炸，仍然保有它微微的酸澀味道。

油炸綠蕃茄

【材料】

A. 綠蕃茄4顆，橫切厚片。

B. 麵粉1杯，置於淺盤中。

C. 蛋1顆打散加1湯匙水或牛奶置於淺盤中。

D. 麵包粉1杯，置於淺盤中。

E. 鹽和胡椒適量。

【作法】

1. 將蕃茄切片正反面灑上些許鹽和胡椒，依序將蕃茄均勻沾上麵粉、浸蛋汁，最後裹上麵包粉。

2. 放進鍋裡炸或煎，兩面各約二分鐘。

愛情，入口即化
席慕蓉 vs. 起士蛋糕

翻閱美食雜誌時，看到一張cheesecake（起士蛋糕）的照片，令人垂涎欲滴，是紐約某家餐廳的招牌點心，附上簡單的食譜，它的材料和做法看起來並不複雜，所以就試試看，也是我這輩子烘焙的第一個蛋糕。做好後沒什麼信心，有點不懷好意的分送給朋友嚐嚐，沒想到對門鄰居Trent大呼好吃；來自費城從小吃起士蛋糕長大的Craig還忍不住要求多帶一塊。從此，起士蛋糕成為我的招牌之一。

所以說啦，這個起士蛋糕的大獲好評啟發了我作蛋糕的興趣，改變了我和甜點的關係，以前總是嫌和麵粉調味道好像挺麻煩的，現在倒是非常享受揉揉拌拌的親密過程以及朋友品嚐後的滿足表情。

相對於現代詩的啟蒙倒是有點難以啟齒，畢竟是非循「正常管道」。小時候常到書店或文具店裡買設計精美的書卡來收藏，除了漂亮的圖案，上面總會題著幾行文辭雋永的句子，充滿詩意的句子似乎都迎合著當時的少女情懷，例如：

《七里香》、《無怨的青春》席慕蓉／著（大地）

法．修伯里說：「愛並不在於相互凝視，而是一齊望著同一個方向。」

「我曾踏月而來，只因你在山中。」

「不要因為也許會改變，
就不肯說那句美麗的誓言。
不要因為也許會分離，
就不敢求一次傾心的相遇。」

這些字句在懵懂的幼小心靈敲起門來，輕輕的把唐詩三百首趕到一旁，也占據一塊小小的領地。長大一點開始認真讀詩了，才知道這些句子原來都摘自某詩的片段，而席慕蓉的詩大概是最常被印製在書卡上面的了。（現在想想，這些書卡都要算盜版耶，絕對侵害作者的改作及重製權喔！）

她的詩都不太長，少用晦澀的文字，語彙直接明確，意涵深遠，不是那種讓我想了老半天最後只好承認看不懂的抽象現代詩。所以讀她的詩沒有太多負擔。像起士蛋糕，輕輕鬆鬆調好乳酪和糖，蛋和奶油，倒入做好的派皮裡或是自製的餅乾屑殼，入烤箱，控制時間和溫度，最後在烤好的淺黃色蛋糕上塗一層純白的酸奶油醬，這兩種顏色的搭配剛剛好表現起士蛋糕的優雅氣質。待完全冷卻後，冰在冰箱裡至少一天，食用時先在室溫下擱十分鐘回軟。

許多人總是扣問著：「愛情是什麼？」

門外的人說不懂，在裡間的人身歷其境卻說不出所以然，而席慕蓉的這首〈愛的筵席〉倒是簡單適切的形容愛情的滋味。

「是令人日漸消瘦的心事
是舉著前莫名的傷悲
是記憶裡一場不散的筵席
是不能飲　不可飲
也要拼卻的
一醉　」

前二句說的是單戀，那樣水水火火的情緒，卻又悵然若失；第三句是寫給正在談戀愛的人，不管是如何怎樣的經歷，總是刻骨銘心；最後則是輕輕的告訴還在門外的你：愛情，終是生命中一場值得的筵席。

一杯剛剛煮好的咖啡，一塊入口即化、滿齒奶油香的起士蛋糕，此時若配上長篇大論的敘事詩，豈不太煞風景？將席慕蓉的詩一個字一個字的含在口中，和咖啡、蛋糕一同嚥下，由味覺來體會詩中的愛情與憂愁，也是另一種浪漫吧！

起士蛋糕

【材料】

A. Cream Cheese（奶油乳酪）2塊，室溫軟化。

B. 蛋3個。

C. 香草精1茶匙（或以新鮮檸檬汁代替）。

D. 砂糖2/3杯。

E. 酸奶油（Sour Cream）8 oz.（可用原味優格代替）。

F. 砂糖1湯匙。

G. 消化餅乾6~8片壓碎。

H. 無鹽奶油2/3條，融化。

I. 砂糖1/4杯。

【作法】

1. 預熱烤箱350℉/180℃。

2. 酸奶油醬：E、F拌勻備用。

3. 餅乾屑殼：混合G~I，均勻舖在塔盤上。

4. A~D混合拌勻後倒入餅乾屑殼塔盤。入烤箱45分鐘，蛋糕會膨脹升高。

5. 當表面略有裂開時取出。

6. 待冷卻一會兒，舖上酸奶油醬，再放入烤箱烤10分鐘即可。

7. 完全冷卻後冷藏至少2個小時。

港口
輓歌 vs. 牙買加日落

「牙買加日落」是一種熱熱的調酒，通常在冬天時喝，當作「晚安酒」，尤其在聖誕節假期前後，闔家團圓或是邀請友人來家中作客，睡前給每個人調上一杯，暖和了手腳，結束聊天的話題，然後各自上床睡覺去。

在漸漸寒涼的夜裡，我總是善待自己的，奔進被窩之前，也調了一杯暖暖的「牙買加日落」。翻了翻床頭堆了一塔的書，拾起最近看的一本，打開書籤夾起的那一頁，接著閱讀下去。這是英國文學批評家約翰‧貝禮所寫的《輓歌──寫給我的妻子艾瑞絲》，娓娓道來貝禮與妻子從相遇到結褵的生命片段，以及婚後的瑣事，尤其記載了艾瑞絲罹患阿茲海默症後的生活，是一部記錄愛情與生活的回憶錄。

那個憧憬瓊瑤式愛情的年代真的遠去了，即使像現在都會式浮誇、嘲諷的兩性關係，諸如《慾望城市》裡的愛情，似乎也只是提供一種娛樂，認不得真。然而，真實的愛情又應該是什麼樣呢？當愛情與生活結合、當愛情與麵包結合，又是什麼景況？上述瓊瑤式或慾望城市的文本並未提供我們任何方向，再怎麼暢銷，成為流行的文化術語，終究是天方夜譚或隔靴搔癢。

《輓歌──寫給我的妻子艾瑞絲》 *Elegy for Iris*
約翰‧貝禮（John Bayley）／著 李永平／譯 （天下）

攝於美國加州Carmel。

將一場戀愛弄得熱熱鬧鬧、轟轟烈烈倒不是難事，主角的花容月貌或高大偉岸或許增加了婚禮的精采程度，然而共同經歷生命的悲喜、憤怒、爭吵與失落，卻仍然願意攜手航行至旅程的盡頭，方才是平凡人所追求的踏實婚姻。

這一對夫婦絕非俊男美女，也無鑲金戴銀的家世，他們居住的房子老舊、凌亂，唯一比較具有八卦性的是妻子艾瑞絲·梅鐸是英國著名的哲學家及小說家，她的作品及理論影響當代哲學界甚鉅，無疑替這本小說提供了更多的可讀性。然而我不認識艾瑞絲，也不了解她在學術界和文學界的貢獻，單純當作愛情的回憶錄來閱讀，依然帶給我很大的感動。

貝禮形容第一眼看見艾瑞絲騎著腳踏車經過他窗前的模樣，筆調溫柔而且有一種幼稚和笨拙，卻不難看出兩人的鶼鰈情深；描寫兩人相戀及相處的回憶時，濃情蜜意，毫不做作的展現他對妻子的愛慕與尊敬，如此的感情卻又讓兩個人各自保有自己孤獨的內心。書中不斷透露著貝禮對妻子的呼喚，對於她腦袋中諸多慧黠的思想、以及他一直無法了解的繁複情緒，貝禮在字裡行間絮絮叨叨地探索著，一面又自問自答的試著揣想解釋，仍然充滿疑問。隨著阿茲海默症的失憶病狀，艾瑞絲永遠把這扇令人費解的門關上了。

Yiling的爸媽，攝於紅樓劇場。

婚姻，也許並不要求彼此了解，各人合該擁有自己獨立的靈魂與追求，真正需要的應該是那種相濡以沫的疼惜，包容彼此的炙熱感情，還有「我就在你身邊」的安心感覺。

這一場平凡的愛情，一點也不誇張的以這樣的語句作結，悽涼而且深情。

「她不再孤伶伶航向黑暗。
航程已經結束了。
在阿茲海默症的護送下，
我們夫妻倆已經抵達一個港口。」

這本書後來改編成電影「長路將盡」，由茱蒂丹契與凱特‧溫斯蕾分別飾演年輕以及年老的艾瑞絲‧梅鐸，飾演約翰貝禮的吉姆‧布洛班特則奪下二○○二年球獎戲劇類最佳男配角。

我的一天結束在暖喉的「牙買加日落」，枕頭是我的港口，昏昏沉沉的腦袋思索著，怎樣的愛情關係可以讓兩人航行到彼岸呢？

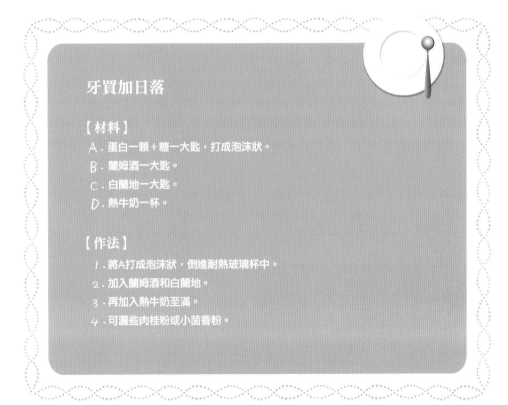

牙買加日落

【材料】
A. 蛋白一顆＋糖一大匙，打成泡沫狀。
B. 蘭姆酒一大匙。
C. 白蘭地一大匙。
D. 熱牛奶一杯。

【作法】
1. 將A打成泡沫狀，倒進耐熱玻璃杯中。
2. 加入蘭姆酒和白蘭地。
3. 再加入熱牛奶至滿。
4. 可灑些肉桂粉或小茴香粉。

零落悲喜
張愛玲 vs. 紅酒白酒

快接近舊金山時，空服員持盤供應紅酒和白酒，我領了一杯義大利白酒，一口嚥下去，腹中一股燒熱，未吞下時在口裡使著舌頭翻攪一陣，輕甜的酒氣在唇齒間溜轉，滋滋的響，一會兒，不待口舌間消匿了去，又直筒筒的衝上鼻間，還嫌不夠，打了一個尖兒，又竄上印堂，眼前頓時恍惚了一下。

偏愛白葡萄酒勝於紅葡萄酒，她金黃晶瑩的透明感，給人一種象徵純真的美好，如同一口女學生露齒開心的大笑，毫無修飾，隨心所欲。而紅酒呢，艷紅的酒色令人垂涎欲滴，香氣格外飽滿，她的誘人之處像是坐飛機遇上亂流，略為震動的剎那，心口為之一緊，隨即恢復平穩。但那一震，頗有蕩氣迴腸的效果，像是成熟魅力無限的女人，極富挑逗的樂趣，明知不可以，偏要去嚐那一口，那一口啊，在舌尖滴溜地香醇，嚥下喉間怎麼總是有些微的苦澀。

也許是錯覺，或是領悟，品嚐紅酒或白酒時總是想到張愛玲。讀張愛玲得分年紀的，不同年齡層讀起來，注意的橋段不一樣，故事裡的味道不一樣，感覺不一樣。

《傾城之戀》或其他張愛玲的作品（皇冠）

攝於台北差事劇團。

年紀輕一點的時候，讀的是情節，一頁一頁翻得飛快，老想知道接下來怎麼了。那時壞人就是壞人，好人合該被欺負的那樣讀著。如同白酒的口感，非常單純，沒有複雜的情緒。

進入前中年期，慢慢讀出了味道，讀出了人世間的莽撞昏昧，有時已不是單純的快樂或悲傷，所有的感觸認真體會起來各個都深刻，卻又胡天胡地的混雜在一起，真箇兒笑中帶淚的那法兒。而紅酒誘人的體色，散發成熟的韻味，教人貪愛著上了癮，初入口的甜蜜葡萄香味，百轉千迴之後彷彿只留下哀怨的愁緒盤桓鼻喉之間。

譬如，許久之後重新翻閱《傾城之戀》，漸漸讀出了年輕一點兒時所無法體會的部分。以前我不懂的是范柳原和白流蘇不過是一對自私的男女啊，各取所需罷了，還費這麼多事兒寫上似是歌頌偉大愛情的篇章。現在看來，人事糾葛的冷暖包袱，那大時代的零落無靠，最後以香港的陷落成全了這份死生契闊，光憑這個，就值得回味好幾遍了。而流蘇呢，只是笑吟吟的把蚊香盤踢到桌子底下去！

她的文字滿溢出某種味道，像酒精揮散在空氣中，不知不覺讓人頭暈目眩，恍惚裡書中人物都與她相熟大半生似的，這些生動的角色和精確的情節似乎我也識得；又好像我便是那些人說這一腔子俏皮辛辣的話兒，生活在十里洋場，場景就在身周進進出出熙熙攘攘⋯⋯

而愛情呢，淡薄的有，深刻到咬牙切齒的亦有；年輕時的愛與恨總是涇渭分明，現在看起來，恨一個人卻也是一種愛法兒。讀張愛玲，似乎能夠愈見世情冷暖，然而，即使明心見性如此，卻仍墮入這五丈紅塵，教人愛恨交錯，喜悲裡翻來滾去，怎的心甘情願哪⋯⋯

空服員收走酒杯，我闔上《傾城之戀》，扣好安全帶，拉開窗板，舊金山機場就在波光瀲灩的海灣中安逸的等待。飛機張開大翼呈現降落之姿，將滑落的夕陽披掛在肩上，鋪陳一天最後的輝煌，也闔上一則平凡生命裡的喜悲傳奇。

白酒、白葡萄酒作法：

用白葡萄或紅葡萄榨汁發酵釀製而成，色淡黃或金黃，澄清透明，有水果香味。

種類：

1. Chardonnay是法國勃艮地與香檳區的傳統白葡萄品種，有「白葡萄酒之后」的雅號，發酵製成的白酒具有果香，不甜。
2. Sauvignon Blanc主要分布在法國的波爾多（Bordeaux）與羅瓦爾河流域（Loire），顏色淡黃，酸味較高。我蠻喜歡這一款，配白醬義大利麵很不錯。
3. Riesling普遍種植於德國萊茵河（Rhine or Reine）流域，還有鄰近的法國阿爾薩斯（Alsace），發酵製成的白酒具有蜂蜜味，口味偏甜。
4. Gewurztraminer種植在法國Alsace（阿爾薩斯），通常用來做成甜的白酒。
5. Chenin Blanc主要種植於法國羅瓦爾河谷（Loire valley），味道比Chardonnay淡，也具有果香。
6. Semillon主產地在法國的波爾多（Bordeaux），可以單獨用來釀白酒，或跟其他白葡萄混釀白酒，或獨自釀成甜酒。

紅酒、紅葡萄酒作法：

將葡萄連果皮、果肉及種子一起發酵製成，熟成期通常在一年以上，味道不甜，可保存數十年。

種類：

1. Carbernet Sauvignon的釀酒葡萄果皮很厚，果粒很小，所製成的葡萄酒味道強烈，也最飽滿，酒色澤深，富單寧酸，辛香味濃，要在橡木桶裡熟成兩三年後才裝瓶。有「葡萄酒之王」的美名。
2. Merlot主要種在法國波爾多地區跟北義大利，及美國加州，味道比Cabernet好入口。用來做菜也不錯。
3. Pinot Noir 是法國勃艮地的主要栽培品種，適合生長在較寒冷的地方，口感有點酸但是不澀。
4. Zinfandel是加州獨有的品種，氣味很濃郁，其中有很濃重的莓果風味，White Zinfandel則是粉紅色，我喜歡把它冰過再喝，據說適合搭配中國菜。

寫給H
情婦 vs. 梅酒

親愛的H，

常常想起來我們成為朋友的那一個傍晚，我坐在宿舍樓頂的平台上讀著席慕蓉的《無怨的青春》，看著將盡的夕陽，而妳甩著濕淋淋的長髮走過來對我微笑，說：「我比較喜歡《七里香》喔！」

我們談論著詩、小說，聊著那個年歲裡胡亂做著的夢和偷偷幻想著的愛情。坐在宿舍樓頂終於送走了所有的陽光，迎接星星，也送走了我們的二八年華，但是我們的情誼始終延續至今。

許久沒有妳的消息之後，終於捎來隻字片語跟我說妳正沉醉在極度的幸福中，想要跟我分享，卻不知從何說起。當下讀著妳的信，可以感覺到字句裡洋溢的甜蜜，我想著，那是怎樣的一個偉岸男子，會讓妳芳心大動；一方面也為妳歡喜，我們期待的愛情，遲到了一些，但總是來了。

愛情如同一罐梅酒，首先選用的梅果就要恰到好處，八分熟的青梅，做出的梅酒風味較差，雖然浸泡過的青梅可以另外加工作成其他食品；過熟的梅果果實

《情婦》 *The Mistress* Victoria Griffin／著　奚修君／譯（藍鯨）

當情婦想要取代妻子的角色，身分認同開始混淆，痛苦和現實的問題就因而浮現了。攝於紐約大都會博物館。

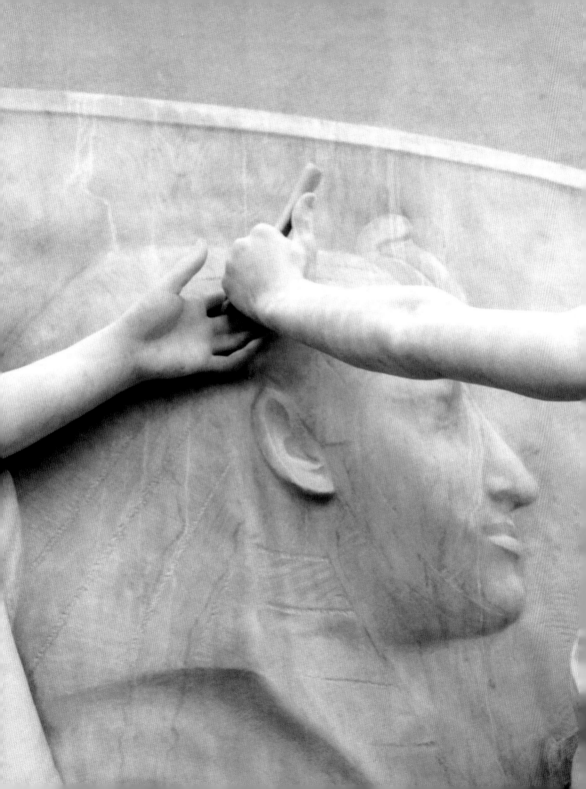

則易崩潰而使梅酒混濁；成熟前的新鮮硬果、無病蟲害、無損傷腐爛、果型完整的最適合。做梅酒所需要的糖倒是沒有種類上的限制。冰糖糖分的純度高，能提高爽口感的程度；果糖能夠使梅果堅硬的外殼裡的香味引出來，提高香氣，又由於果糖較甜，使用量上必須減量為宜。

愛情的甜蜜感動因人而異，愛情的對象也因各人喜好而有不同，至於愛情醞釀的過程，兩人相處的情境，那更是不足為外人道也，所以妳說不知從何說起的心情我倒是能夠理解。如同使用浸泡梅果的酒，也是沒有特別規定，凡威士忌、白蘭地、伏特加、日本燒酒、高粱酒、米酒頭等皆可，酒精度數愈高，愈容易抽出梅精，並促進提早梅酒的熟成期間，不過這樣釀出來的梅酒便有了口味上的不同。

妳緩緩的告訴我，這是一樁無法公開的戀情，妳的情人自己已經有一個家庭，我當時真的無法釋然，也無法想像。與年輕時憧憬的愛情相比，我認為情婦的角色總是卑微、弱勢、在體制以外的，像浸泡梅子的容器必須完全密封見不得光，因為光線會損壞酒的色調及味道。但是愛情應該是理直氣壯、光明正大的呀！

親愛的H，我要向妳懺悔，我那被衛道價值所制約的想法，如今想來真是幼稚可笑。我們常常急於替別人的行為做解釋下定義，或是臆測，但是我們常常忘記，或刻意忽略，真正繫屬在這一個情愛關係裡的人才有資格對他的愛情作解釋。愛情本身一直都是理直氣壯、光明正大，旁觀者不是當事人，怎麼能夠輕易遽下斷言呢？

慶幸的，終於有一本名為《情婦》的書來替情婦的生涯做一番解釋。情婦，泛指婚姻狀況之外的女人，與有婚姻關係的男人有某段時間的肉體及情愛關係。在這本書裡，本身即為情婦的作者，從歷史上不同的情婦角色闡述情婦在兩性關係中的追求以及對愛情的奉獻，一個好的情婦並不想成為妻子，所以沒有所謂的地位不平等的關係，但是當情婦想要取代妻子的角色，身分認同開始混淆，痛苦和現實的問題就因而浮現了。最後這便成為世人喜歡閑嗑牙的八卦消息，一般人對情婦的印象。

我漸漸了解，情婦追求的也是愛情，本意不是破壞婚姻，愛情本來就有很多種不同的形式。而更重要的是，事實上，只要有婚姻制度，就會有情婦。說起來，情婦還是這個社會律法制度下所創造出來的呢。

將梅果和糖交互堆積在容器內，最後將酒慢慢地注入，糖溶解的速度和梅果成分釋出的速度有關，所以盡量不要使糖太快溶解掉。將容器完全密封後，放在冷涼陰暗且不會有陽光直射的地方。每隔約十天將容器搖動，使中間部分的糖溶解，大約三個月後澄清琥珀色的梅酒就完成了。梅酒經長久保存後，如在三到四年內不取出梅果，就會產生苦味，但經過五到六年後，苦味又會消失，變成甘甜，所以梅酒存放愈久，味道愈佳，存放五到六年後即成為極品。愛情可以見好就收，留下美麗的回憶；也可以一同熬過低潮，細水長流，都是緣分吧！

家裡存了一罈同事送的陳年梅酒，天氣漸漸燥熱起來的時候，我就摻進冰涼的氣泡礦泉水，晶瑩的冰塊落入杯中鏗鏘作響，慢慢融化。親愛的H，想著我們這樣悠久的情誼，哪天來家中小酌兩杯，可好？

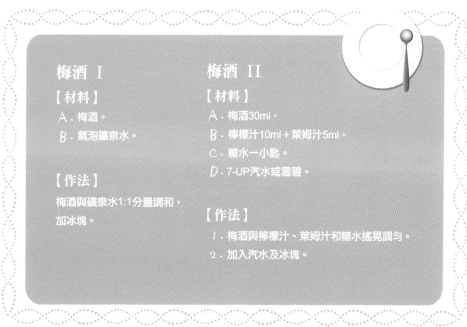

梅酒 Ⅰ

【材料】

Ａ．梅酒。

Ｂ．氣泡礦泉水。

【作法】

梅酒與礦泉水1:1分量調和，加冰塊。

梅酒 Ⅱ

【材料】

Ａ．梅酒30ml。

Ｂ．檸檬汁10ml＋萊姆汁5ml。

Ｃ．糖水一小匙。

Ｄ．7-UP汽水或雪碧。

【作法】

１．梅酒與檸檬汁、萊姆汁和糖水搖晃調勻。

２．加入汽水及冰塊。

簡單的幸福
獻給阿爾吉儂的花束 vs. 起士麵包

日劇「獻給阿爾吉儂的花束」是改編自美國作家丹尼爾‧凱絲的同名小說，閱讀原著已經是很久以前的事，猶記得當初一頁頁翻著的時候，彷彿在面前活生生的站著一個中年智障者，歪著頭傻傻地笑著，手中抱著一隻實驗白老鼠，對著我說：「我也要變的跟阿爾吉儂一樣聰明。」

故事是敘述一群科學家、醫學博士們給一隻叫做阿爾吉儂的實驗老鼠動腦部手術，研究發現，牠的智商因此增加不少，甚至可以媲美正常的人類；於是，查理，一個智商只有六十的成年智障，便成為下一個實驗的對象。接下來的發展即是以查理手術前後所寫的進展報告為主線。

從這些報告中，可以看見查理在手術前所記錄的都是很繁瑣的事，文句沒有章法，並且錯字連篇，但是查理一直堅持著要變得聰明的想法，卻是很強烈的。手術後，進展報告中的錯字沒有了，除了日常生活的記錄，他還記下思緒變化的過程、夢境、以及自己心裡醞釀的想法。他開始認識這個世界，真正介身在複雜的人際關係中。他的智商甚至遠遠超過當初給他做手術的研究人員。查理讀了很多書，逐漸明白了以前他所認為的好朋友、喜歡他的朋友

《獻給阿爾吉儂的花束》*Flowers for Algernon*
丹尼爾‧凱絲（Daniel Keyes）／著 周月玲／譯（小知堂）

攝於美國科羅拉多州。

並非真正是對他好的人，而是因為他的智能不足而憐憫他，或以取笑他來為他們的生活帶來樂趣。當查理真的變聰明了，這些朋友反而無法接受這樣的改變。

查理失去了工作、失去了朋友，他開始利用記錄報告來審視自己的過去，從夢境裡回溯小時候的記憶；他也試圖去尋找家人。然而，查理智力的增加並沒有使他的情感層面變得同樣成熟，他的情感記憶一直停留在小時候遭到母親負面的告誡和禁止，以致於他不知如何和異性相處，或是表達自己的愛慕情緒。

正當查理努力去適應這個所謂正常的世界時，實驗室裡的阿爾吉儂出現一些發瘋或倦怠的行為，還有厭食的症狀，查理逐漸理解到這個堪稱世界智障者福音的手術並沒有成功，自己有可能會和阿爾吉儂一樣。研究人員為他安排手術失敗後的退路，回到療養院。終於有一天，阿爾吉儂蜷縮在籠子的角落，再也不動了。查理親手埋葬了阿爾吉儂，自此之後，他的報告開始出現錯字，記憶力明顯的退化。

在報告的最後一頁，查理歪歪扭扭的字跡寫著：「別忘了在阿爾吉儂的墳上為我獻上一束花。」

改編後日劇裡的查理角色叫做「阿春」，小時候被媽媽遺棄，就在麵包店裡工作，一直想要變得聰明，以為變聰明了就會做出好吃的麵包，當初棄養他的媽媽也會來接他回家。阿春的單純想法與其個性的執拗，還有對麵包的喜愛，使我不禁想到一道極其簡單的起士麵包食譜。

這個食譜不需加酵母粉，所以不必等麵團發起來。首先將麵粉、小蘇打粉、泡打粉、鹽及糖拌好，在另一個碗裡混合蛋汁和溶化的牛油，最後把乾的材料拌進蛋汁裡加上起士粉，烤箱預熱華氏三五〇度，烤個三十到四十分鐘。拿出烤箱等待冷卻時別忘了舖上一條濕毛巾，藉以保持其軟潤度。

這個麵包可以加入其它香料，更添滋味，我尤其喜歡摻入事先油煎過的大蒜片、迷迭香和乾酪，做好後用保鮮膜包起來放到冰箱裡可以保存一個禮拜，

食用前放在室內回溫半小時，切片佐以原味乳酪起士（cream　cheese）或塗上薄薄一層牛油，口感滑潤。不同於一般鬆軟的麵包，它比較堅實，在口中嚼著混有起士的奶香，非常有滋味。

最後阿春的媽媽終於來接他回家，算是符合電視機前悲天憫人的觀眾們的圓滿結局。於是在這個春暖乍寒的時節，我來烤一條起士麵包送給阿春，獻上一束花給阿爾吉儂，也給查理一束。

起士麵包

【材料】

A. 中筋麵粉2杯＋泡打粉1又1/2茶匙＋小蘇打粉1/2茶匙＋鹽1/4茶匙＋糖1大匙。

B. 蛋1顆。

C. 無鹽奶油半條，融化放涼。

D. 牛奶1/3杯。

E. 起士粉1杯。

【作法】

1. 預熱烤箱350℉/180℃。

2. B、C和D混合。

3. 將A拌入「2.」並加入起士粉。

4. 拌勻後倒入長方形蛋糕模，入烤箱30~40分鐘。

5. 拿出烤箱等待冷卻時在麵包外面舖上一條濕毛巾，以保持其軟潤度。

註：黑胡椒起士麵包──將黑胡椒4茶匙＋紅辣椒片1/4茶匙＋乾九層塔1茶匙拌入A，並將普弗隆起士（Provolone淡色義大利乾酪）代換E。其它材料及作法不變。
蒜味迷迭香乾酪麵包──將迷迭香1大匙拌入A，大蒜12瓣切片入油鍋煎至軟，放涼後拌入「2.」混合。起士粉部分以帕馬森起士粉（Parmesan）代替。其它材料及作法不變。

化外桃源
失去的地平線 vs. 橙酒伯爵茶

小時候曾經住在山裡，每次要進入市區，爸爸總是得開車經過一段曲折的山路，緊依著山邊常會出現一條粗簡的柏油路，通往山坡上隱密在樹林裡的人家。在某一個大轉彎處，面向山路有一塊很大的招牌，上頭寫著「香格里拉」。在還不到十歲的孩子眼裡，唯一的認知便是繞過它，離家就不遠了。

「香格里拉」一詞最早廣為人知是來自於一位英國作家詹姆斯希爾頓（James Hilton）在一九三三年寫的《失去的地平線》（*Lost Horizon*）一書。書裡面提到了一個宛如人間仙境的「Shangri-la」，那裡不僅風光明媚，資源充足，而且在當地修行悟道的人，相貌不會再變老，最長壽的人有二百多歲。但是離開香格里拉的人卻會青春不再，迅速老化。這個神祕的地方位在中國西南邊境的藏區，在地圖上是找不到的。

本書引人入勝的是它以第一人稱的方式帶領讀者進入一場對話，與之對話的另一個人則開始講述他們共同認識的一個叫做康威的朋友，關於他的天賦和性格，以及多年前他遭遇的一場墜機事件。當時飛機飛離航線，延著喜馬拉雅山向東北方飛行，除了康威，飛機上還有一個英國領事、美國人和一個傳

《失去的地平線》*Lost Horizon* 詹姆斯‧希爾頓（James Hilton）／著　陳蒼多／譯（新雨）

攝於美國加州。

福音的女教士。後來遭遇大風雪，飛機因故障被迫降落。此時出現了幾十個藏民和一位會說流利英語的張姓老人，帶領康威一行人穿越藍月山谷，到了香格里拉。這幾個西方人在此地生活了一段時間，紛紛愛上這裡的祥和與安寧，康威和當地的喇嘛進行心靈的對談，也逐漸釐清一些思緒，豁然開朗。除了一心想返家的英國領事，其他人都願意留下來過著世外桃源的生活。然而，僅只一念之間，康威決定協助這個英國人離開，同行的還有一個在香格里拉住了很久的年輕滿洲女孩。

故事卻在這裡軋然中止，讀者從對話中得到的最後資訊是英國領事在半途就死了，康威後來在重慶的醫院裡被發現，突然喪失了記憶，根據目擊者指出，送康威到醫院的是一個非常非常老的婆婆。沒有人知道康威離開香格里拉的路線，而他恢復記憶後又再度消失，再也沒有人知道他的下落。

剛剛經歷第一次世界大戰的歐洲因為這本書的出版，對神祕的東方產生更多的好奇（當然也充滿更多殖民的想像），使得厭倦戰爭的靈魂藉此尋找精神上的寄託，最大的迴響莫過於「Shangri-la」從此成為英文字典裡的「世外桃源」。探險家按照書中的描述，把可能是香格里拉的範圍限定在雲南中甸、麗江、西藏或是四川的稻城亞丁，而這些地方為了正名的世紀爭奪戰在二○○二年落幕，最後經過中共國務院批准，將雲南省迪慶藏族自治州中甸縣正式更名為香格里拉縣。

據說香格里拉源自於藏語中的「香巴拉」，位於青康藏高原的某個角落，被雙層雪山包圍，由八個蓮花瓣似的區域所組成。然而，這個沒有憂愁沒有貧窮只有美好的化外之境，確實的位置依舊像謎一樣，藏經中並沒有說明，藏族人流傳的說法卻是「不必去遠處尋找，就在你的心中」。這樣看來，統治階層的拍案認定，不過是一個欲蓋悠悠眾口的手段而已。

闔上書，好像剛從一場綿延不絕的夢境醒來，客廳的落地窗外是傍晚渲染著

普魯士藍的天空，氣象報導說南方一個中度颱風正在形成。我泡了一杯伯爵茶，想起曾經在君度橙酒（Cointreau）的廣告明信片上看過一份熱酒譜，於是試著加進一小匙的橙酒，淺淺的橙香溶在帶有佛手柑味道的伯爵茶裡，濃濃的酒意形成一種恍如隔世的感覺。淺嚐一口，酒精到了喉間才隱隱散發出來，猶如這本書最後留下的悠悠餘韻，讓半世紀以來多少人痴痴前往尋找理想的化外之地。

橙酒是一種白柑桔酒（triple sec），用蒸餾法將柑桔或橙橘提煉出來的汁液，與白蘭地混合而成的甜酒。著名品牌是以海地的苦橘及巴西的甜橘皮製造出柑橘香味的君度橙酒和以優質干邑白蘭地為基底的香橙干邑甜酒（Grand Mariner）。橙酒可以加冰塊純飲，也適合調製成雞尾酒，甚至用於糕點製作。

離開山居的童年已經二十多年了，我再也沒有回去過，據說那條連接繁華與原始的山路業已拓寬，近年來還另闢不少交通路線，而原來劃分為「鄉」的行政單位也升級為「市」。當過去的記憶一一背過身去，影像逐漸消亡，我卻仍然記得那一塊突兀在大轉彎處的「香格里拉」招牌，挨靠著綠油油的山坡，面對著汪汪藍的天空，告訴我，就快到家了。

橙酒伯爵茶

【材料】

A. 橙酒一茶匙（Cointreau或Grand Mariner）。

B. 熱伯爵茶一杯。

【作法】

將橙酒加進熱伯爵茶中，視個人口味加糖或蜂蜜。

記憶的回填
東京、豐饒之海、奧多摩 vs. 飯糰

本來不怎麼識得董啟章，書架上有他的《天工開物　栩栩如生》、《時間繁史啞瓷之光》，當時添購要不是因為特價促銷，就是剛好在哪裡讀過書評，讓我生起先買回家有空再看的念頭，但總是沒有真正打算翻開書頁。最近在一場曬書活動看見這一本較為輕薄的《東京、豐饒之海、奧多摩》與小說《體育時期》上下二冊並列在展售台上，沒什麼思量就又把它們帶回家了。

不過在開始閱讀這本書之前，有件事讓我覺得疑惑，就是我們應該什麼時候來閱讀「序」？「序」的功用是給讀者的導讀，還是內容的介紹，或是所有的「序」其實應該在閱讀完本文之後才回頭來看？我一開始就閱讀成英姝和駱以軍的序文，其實完全搞不清這是一本什麼樣的遊記，連序文都有點晦澀難懂，本文會呈現怎麼的樣貌？

說是遊記，書中呈現的風格也迥異於其他的遊記，既無照片佐讀，行程規畫也似輕描淡寫。作者與妻子放下八個月大的孩子到日本旅行，從鎌倉、江之島、奧多摩、吉祥寺到代官山，結束日本行之後返回香港，追溯這五天的遊歷，寫下六萬多字的紀錄。關於景點的描述精巧細緻，但是更多的是旅程之中

《東京・豐饒之海・奧多摩》董啟章／著（高談文化）

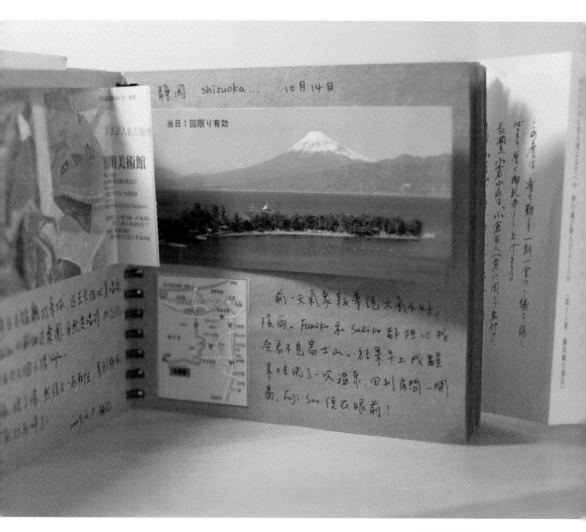

我的日本旅行筆記。

牽引出來的許多思考和情緒起伏，既隨意卻又鄭重的加入自己的觀點及批判，以及試圖剖析日本文化中的曖昧元素，一一行文配合穿插在每天的行程中，看似主題鬆散，讀起來完全不致突兀，倒是有一氣呵成的感覺。

書中董啟章說：「遊記並非與旅程同步，也絕非旅程本身，它在旅程完成之後才開始，作者試圖在文字中把旅程重新走一次。文字的旅程必然充滿修改和加添。」

這令我想起在二○○五年的日本行，那是我生平第一次造訪日本。為了這次日本之行，我特別準備了一本筆記本，開頭用了極多頁的篇幅記錄此行的緣由和準備行程上的曲折。接下來的頁面，是用來記錄所見所聞並黏貼到日本之後的車票、門票、參觀券等紀念物事。當時在隨身包包裡帶著膠水及筆，以便隨時做勞作和寫字。

我試圖在每一天就寢前記下幾筆當日的遊歷和心情，但都由於太過疲倦終致沉沉睡去，只能記下一二行文字粗略交代大概。從名古屋搭新幹線到靜岡的途中，有比較長時間的空檔，我咬著在車站商店匆忙買的御飯糰，一面打開筆記本就在車廂微微的晃動裡做功課，窗外逐一閃過寧靜整潔的風景，而我齒間留存的是飯糰裡軟硬適中的米粒味道。那次在日本的旅行嚐試過許多美味的食物，我總是興致勃勃的拍下令人垂涎三呎的風景，唯獨對墊肚子的市民小食不太在意。可現在回想起來，反而是對沒有拍下照片的飯糰滋味記憶深刻。

旅程結束，筆記本裡盡是貼著票根、發票、店家的名片，以及寥寥幾行紀錄，其他刻意留下的空白頁，準備留待日後補記。然而，直到如今，空白頁還是空白，若是沒有一些堅持完成的企圖心，就有太多的藉口將這個計畫耽擱下來了。

攝於日本東京。

《東京、豐饒之海、奧多摩》裡，董啟章並不賣弄他對日本有多深刻的了解，單純就事論事，顯得直爽樸實，例如在抵達奧多摩湖畔時提到離群索居的梭羅及另外一位特立獨行的音樂家顧爾德，聯想到日本青少年的自我隔絕現象；又，在文物館裡看見一位智障孩子與母親的互動，他想到大江健三郎和弱智兒子大江光，進而發現文學這一項藝術顯然某種程度上是排斥智力上的單純者；譬如坐在往東京市郊青梅的電車上觀察一位女子，揣想著她的目的地，旋又帶出自己基於城市觀點所做的推測未免自大而狹隘……等等諸如此類的思考和探究，讓這本書不單純是遊記，而是呈現更深刻的文人對時事和文化的反省。

旅行是讓人從現實的世界脫離的最好方法，身心全然放空之後，到一個陌生的地方去，隨著旅程的結束，再重新回填，但是總有什麼新的不一樣的視野了。

我找出這本記錄日本行的筆記本，想著，也許應該找個時間好好的把它填滿才是。

『火車』飯糰

【材料】

A. 白米飯。
B. 肉鬆或三島香鬆。
C. 小黃瓜切細條狀。
D. 煎好的蛋皮，切細條狀。
E. 罐頭花瓜。
F. 罐頭紅燒鰻，切條狀。
G. 海苔片幾枚。

【作法】

白飯一些鋪在飯糰或壽司模型上，依喜好加入C~F，再加上白飯，用模型壓緊，取下後包覆海苔即可享用。

淺嚐的高潮
半飽 vs. 涼拌蕃茄乳酪

年輕一點的時候,和一夥女生組成了「飯友會」,諸如生日節慶或是凡有正當理由的時候,就結伴去自助餐廳「踏青」,舉凡「吃到飽」、俗又大碗的地方均是我們的首選。那時候,沙拉吧我們可以從下午兩點吃到五點半,差一點還趕上晚餐供應;披薩區區十片連同千層麵是難不倒我,更別說下午茶飲料點心吃到飽……近幾年來,飯友們紛紛嫁做人婦,有些連孩子都有了,大家的生活重心不再是「吃」,而是背後更複雜的投資理財、儲蓄規畫、兩性婚姻和子女教育問題。大家難得約出來,雖然還是喝喝下午茶,但都適可而止,有時十分懷疑在那個溫飽不虞匱乏的年代,自己怎麼曾經這樣荒唐的吃過。

歐陽應霽在他的散文集子《半飽》裡收錄了二十四道菜色,從甜點前菜到湯湯水水都有;從義式法式日式流連到上海式佳餚,均帶領讀者悠遊一回異國風情,或家鄉口味。一頁頁流淌著品嚐美食放肆的情調,諸如愛情,諸如一種生活態度。每一篇幅的書寫又分成三大段落,第一段像是篇旨,淺言這道菜與自己的關係;第二、三段則是針對菜餚裡的兩樣主要食材作進一步的描述,展現作者對各種食材的淵源與了解。加上紅則紅矣的紅椒蕃茄和絳紫透著油亮的茄

《半飽》歐陽應霽／著(大塊文化)

攝於中國蘇州。

子，經過攝影及印刷技術，翩翩躍然紙上，嗜讀文字者如我，或貪戀美食者如我，豈能錯過這樣一本挑起視覺與想像高潮的書呢？

書中引介的菜餚都有一長串名字，例如桂花龍眼糯米糰、黑豆黑芝麻清酒菠菜、或是豆豉蒜片煎銀鱈魚拌京蔥（光讀這些菜名，就已經垂涎欲滴啦），其中做法步驟卻簡單易懂，讀著讀著就手癢起來。其中蕃茄羅勒水牛乳酪涼拌（又是落落長，姑且簡稱為涼拌蕃茄乳酪吧）頗適合暖燥的夏日。

緊實的紅蕃茄橫切厚片，一片接一片與水牛乳酪（Mozzarella）相間排開來盛在淺白盤子裡，灑上羅勒葉碎片（不要用刀切碎，用手撕開更加香氣四溢），最後淋上橄欖油。我最愛的吃法是再淋上一點義大利黑醋，黑醋與橄欖油從不相容，卻搭配成絕佳口味。

新鮮Mozzarella軟韌入口，鮮奶濃郁，經黑醋的提味，濃濃纏上味蕾，更是口頰生香；蕃茄鮮熟的果肉沾上油醋的口感，像流竄到齒縫間的汁液，滋滋作響似的跳起舞來。

攝於阿姆斯特丹機場。

其實，説《半飽》是一種飲食方式，毋寧是一種生活態度。因為不算真正的吃飽，面對即將端上來的美味，永遠遊刃有餘，有機會嘗試；因為不很飽，頭腦比較清楚，思路敏捷，容易看清楚事情做重要決定；更因為半飽即可，不如放慢速度，細細品嚐思量食物的滋味，對待每一餐都如山珍海味，如瓊漿玉液，餐餐精華盡收腹底，豈不是生活高潮之所在？

菜單上的涼拌蕃茄乳酪總是前菜，絕對讓人胃口大開，接下來的主菜甜點勢必精采可期。然而，我已經距離那個吃的太飽的年紀有些遠了，光是一本書，一盤涼拌蕃茄乳酪，就讓半飽的我十分滿足。

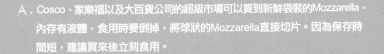

水牛乳酪購買指南

A. Cosco、家樂福以及大百貨公司的超級市場可以買到新鮮袋裝的Mozzarella。內存有液體，食用時要倒掉，將球狀的Mozzarella直接切片。因為保存時間短，建議買來後立刻食用。

B. 另外有Mozzarella做成起士片，或削成絲狀，用來夾三明治或披薩，這種可以保存較久。

光的畫面
室內光 vs. 涼拌珊瑚草

最近，辦公室裡興起一陣「珊瑚草」的旋風。首先C的妹妹吃了十天半個月之後，小腹一片平坦，於是她熱心的告訴大家這個新發現，並且帶了一些給同事們分享。結果那天下午，吃過珊瑚草的人上完廁所回來都說好舒暢。我曾經在一家餐廳嚐過涼拌珊瑚草，當時覺得好好吃，以為是什麼珍貴的食材，每人只分到一點點，實在意猶未盡。

珊瑚草就是本草綱目裡記載的「鹹草」，群生在被海水浸透的鹽溼地帶，含有豐富的礦物質、膠質和膠原蛋白，可以預防疾病，改善體質，可說是有病治病、沒病強身的天然食物。除此之外，淨化血液、活化細胞、防止老化，以及清除宿便的排毒功能，對女性而言簡直就是美容養顏的聖品。

一般超級市場都有賣（其實傳統市場的包裝較大也較便宜），大都和乾貨如紅棗、枸杞、蓮子或綠豆之類的放在一起。珊瑚草有粗粗的莖幹，不斷分枝出去像是沒有樹葉的枯樹。買回來後抓出約半個手掌大小的份量先沖乾淨，再泡在清水裡十幾二十分鐘。經過乾燥處理的珊瑚草漸漸膨脹開來，釋放出海裡才有的腥味，此時換一碗水繼續泡，約莫換過二巡的水，再浸泡三、四個鐘頭以上，直到完全軟化。

室內光

《室內光》王信智／著（電子實業）

攝於美國加州海鷗旅館。

122

我拎起一節珊瑚草，就著窗外照進來的光線仔細的瞧著，它的體態輕盈有彈性，顏色略黃（它其實還有紅、紫、綠等顏色的不同品種），呈半透明狀，越末端的枝枒更顯得嬌小晶瑩，彷彿從它透亮的身體望過去，便可以看見海洋，聽見浪花的聲音。

讀王信智的《室內光》，好像也是這種感覺。透著微微的光線，看到誠實記錄的生活，聽見藝術敲門的聲音。

《室內光》是作者在*Men's Uno*雜誌「Personal Letter」專欄的集結，其中的心情和經歷跨越了離開台北到倫敦求學的轉變，以及回到台北後與現實感覺落差的不適應。書中提及這是一種「自動性書寫」的文體，具有詩情的語彙，散文的敘述，也有小說般的情節。作者透過身邊的人事物來引發接下來一連串對自己的省思、對現象的批評或就某個概念解說，也許到文章收尾的時候和原來發軔的起點已經沒有關係了。連作者都說了，自己不是一個專心的人，常常離題。但是順著他的思緒、他的標點符號遊走，像是處在一個微黯的房間，逐漸適應光線，熟悉身周的環境，然後完全放鬆。因此他的離題，總是有一種隨意散落的美感。

由於身為時尚文化的批評者以及解讀者，王信智具有獨特的方式傳達他的生活美學。例如其中有一篇談到身材和穿衣的風格，進而述及衣物設計的時

尚，旋又回到設計一件衣服的目的應該是要讓人穿得下，最後以「我沒有很瘦，也不想因為穿不下某些衣服而生氣。在我的服裝店裡，就像是我自己的房間，有衣櫥、有書架、有許多的音樂，牆上是我喜歡的時尚攝影及報導，還有一些收集的家俬，我是裡面唯一的店員，也是常客。」來總結一種超然的生活態度。

光線的掌握一如心情的掌握，沒有強烈的對比和煽情的語句，純粹一種我說說話，你姑且聽之的態度。

書中的版面留了很多的空白，讀著讀著彷彿有光落進來；作者也用了自己的攝影作品，穿插在文字之間，每一張照片的畫面都很柔和，光線的掌握一如心情的掌握，沒有強烈的對比和煽情的語句，純粹一種我說說話，你姑且聽之的態度。而我還真喜歡這種調調。

泡軟之後的珊瑚草本身沒有味道，適合各種佐料，與薑絲、新鮮檸檬汁、醬油和鹽巴混合醃起來，或是加蒜末、糖和小黃瓜絲涼拌，一切也是隨你喜歡。

追隨辦公室的時尚，我也開始吃起珊瑚草來了，目前身體狀況改變不大，不過飲食習慣開始變得清淡，也少攝取垃圾食物。或許這海裡來的珊瑚草，是一盞指引的燈光，點亮我對健康生活的想望。

涼拌珊瑚草

【材料】

A. 珊瑚草一把，泡軟後約有一大碗的量，略為切段。
B. 薑絲一大匙＋新鮮檸檬汁一大匙＋醬油和鹽少許。
C. 蒜末一茶匙＋糖一茶匙＋小黃瓜切絲約一小碗。

【作法】

將珊瑚草與B或C擇一拌勻即可。

像貓一樣的星期六早上
遇見帕多瓦的陽光 vs. 藍莓奶酥蛋糕

當第一顆星從妳眸中亮起
這城市頓時找到了輝煌的理由
寂寞在晚風中遺失我的地址
再也不會來拜訪我
　　　　——銀色快手，〈銀月詩箋〉

「其實呢，我沒去過義大利，帕多瓦這個城市也只是有耳聞，不過，我倒是在一個叫做帕多瓦的咖啡店裡消磨許多時光，很多詩也是因此創作的。」銀色快手說。

那是二〇〇二年冬天，冷空氣還沒有降臨的時候，有機會和快手吃飯聊聊天，詩集《遇見帕多瓦的陽光》正要付梓。我們是在明日新聞台時代認識的，當時在一個討論村上春樹作品的網站聊了起來，後來回台灣，就和另外一位新聞台的台長約著一起見面。在他的詩集發表會上又見過一面，近來在一些刊物上看見他書寫關於日本妖物誌的主題，不知道他現在還寫詩嗎？

就像這本詩集最後印刷完稿的封面與內頁插圖，鮮豔的綠色和橘黃色搭配，

《遇見帕多瓦的陽光》銀色快手／著（小知堂）

還有一大片海藍藍的廣闊，快手的字句裡跳躍著陽光、空氣和水的生命力，織就一個城市裡的溫柔空地，排遣出城市裡忙亂熙攘的分秒，只留下美麗的柔美慢拍。

流連在城市裡的咖啡館，俯拾皆是的景色自窗外一迭的閃過，詩人在杯中咖啡香味還未散去的時侯，一一疊印為文，譜出都市裡緩慢的調子，一如陽光輕灑的週末早晨……

應該算是一種幸福時刻吧！

星期六的早上，睜開眼睛與撥開窗簾探頭進來的陽光相遇。然後驚喜的發現，啊！今天不用上班，沒有約會，一整片的時間，都是我的。就像是咖啡的香醇中總是氤氳著詩的美麗抒情，搭配這樣一個幸福早晨的蛋糕應該要有清淺的果香，以及甜蜜的奶酥味道……

製作奶酥時必須等奶油在室溫下擺放約一個小時稍微軟化，然後加入麵粉，肉桂粉和糖，用叉子或手指將之揉捏充份混合，形成鬆軟的粉塊狀，此時可以加入杏仁片或碎核桃仁，烤起來會很香。最後把奶酥均勻舖在調好的麵糊上，稍微壓一下，放入烤箱。

這個蛋糕不甜，配上一壺溫暖順口的曼巴咖啡，適合當作早餐。奶酥適度的鬆脆口感，揉進了藍莓果，便有了草原明亮的味道。於是我敞著一襲睡袍在廚房捲進捲出，終於將蛋糕和咖啡準備好，熱騰騰的端上桌，翻開《遇見帕多瓦的陽光》，開始閱讀。

我的星期六早上就像小貓一樣，輕巧的滑過……

〈像小貓一樣的時光〉
這是一個冬日早晨
像小貓一樣流動的時光
在街邊住戶的圍牆上微步

像小貓愛玩的毛線球
你我之間纏繞著
不可思議

並不是每一步都算好了
想靠近的也只是
一次心跳的距離

這是一間義式咖啡館
人聲逐漸鼎沸

藍莓奶酥蛋糕

【材料】

Ａ．麵粉1/2杯＋白砂糖1/4杯＋肉桂粉1/2茶匙。

Ｂ．無鹽奶油1/3條。

Ｃ．蛋1顆＋牛奶1杯＋溶化的無鹽奶油1條。

Ｄ．麵粉2杯。

Ｅ．砂糖1/2杯＋泡打粉2又1/2茶匙＋鹽1/2茶匙＋荳蔻粉(Mace)1/2茶匙。

Ｆ．新鮮或冷凍藍莓1杯。

【作法】

１．預熱烤箱350°F/180℃。

２．將A材料混合拌勻，加入B，用手指或叉子捏成粉塊狀。

３．混合C材料，再將D和E材料混合後加入C攪拌均勻。

４．拌入藍莓後倒入烤盤。

５．最後將奶酥鋪在麵糊上，入烤箱約40-45分鐘。

６．此蛋糕應在溫熱的時候享用。

眾嚐。

在那些過去的時光裡，我們總在學校食堂裡吃超便宜的
拉麵，喝著淡而無味的麥茶，要不就到外頭吃烤青魚、
薑燒肉片飯。那時候，我們什麼身分都還沒有成為，可
又隨時被提示著成為某人某物的堂皇遠景。

——賴香吟《史前生活‧想我少數的朋友們》

一生裡就算知心不多，
總要有那麼些一起品嚐美食或是分享閱讀心得的朋友，
前者可以同樂共喜，後者與之齊智增慧。

食譜分量：4-6人分

離席
潛水鐘與蝴蝶 vs. 磨菇抹醬

親愛的 J，

我去看過你了，你的氣色很好，臉上沒有鬍渣，眼睛輕輕閉著，呼吸均勻，你連睡覺時也看起來很帥氣呢！

那天一大清早，你的妻子用你的手機打電話來，第一通我沒接到，聽了語音留言，我第一個想法是，你出什麼事了嗎？急急回了電話，你的妻子忍著哽咽說：「J中風了。」

我坐在公車上，不願細想，中風可輕可重，也許你僅僅是半邊身體麻痺，或是臉歪嘴斜，做一做復健也許就可以恢復的。然而，我真的無法再猜測下去，你的個性我難道還不了解嗎？不到最後你是不會麻煩別人的，你總是自己安排打點所有的問題，然後笑笑的說一切都沒事了；你總是要我不要把煩惱擺在心裡，你卻自己一人承受所有的精神壓力。你的妻當然也很了解你，所以當她輕輕的說應該讓我這個好朋友知道的時候，事情就不是那麼簡單了。

才是前兩個月的事，你和妻子來家中作客，順便告訴我即將為人父的好消息，我

《潛水鐘與蝴蝶》*The Diving Bell and the Butterfly* 尚-多明尼克
（Jean-Dominique Bauby）／著　邱瑞鑾／譯（大塊文化）

攝於台北真理大學教室。

特地準備了一桌素菜。自從你父親生病以來，你就開始吃素，一方面許願希望父親病情好轉，一方面也是為了健康著想。直到你的父親過世，你也已經吃習慣了，奶蛋還是吃的，反倒不喜葷味。所以每次同學聚會，你總是貼心的張羅自己的食物，不勞煩我們這一群滿嘴油膩的肉食動物。

不過我惦記著你吃素，偶而會露兩手素食給你嚐嚐，這一次我就特別煮了一鍋玉米洋芋濃湯，和磨菇抹醬配法國麵包。磨菇抹醬是我最近想嘗試做看看的新料理，剛好前一天在市場買到兩盒肥美白嫩的磨菇，去蒂洗淨後瀝乾，炒鍋裡燒熱油後加入磨菇、高湯和雪莉酒，煮至滾再加蓋燜個五分鐘，加蒜末後再與奶油起士及香料拌勻。法國麵包切片略烤，抹上磨菇抹醬，配上簡單的生菜沙拉，你點頭直說好吃，我也十分滿意。

席間聽你說說最近工作上的不如意，上司如何的使壞、如何的羞辱你，最後竟然逼迫你離職。我聽了十分生氣，你為什麼不早告訴我們這些朋友，也許替你想方設法出一口惡氣。你是一個極溫和的人，我沒有看見過你的脾氣，從來都是你替我分擔我的不悅與委屈，我卻不知你如何處理自己的難處。你笑著說早就知道我會打抱不平，所以才不要讓我擔心，算了，都過去了，你說回敬那個惡老闆的方式就是好好表現，有一番成就，讓他刮目相看，悔不當初。你所謂的揚眉吐氣，就是參加一連串的考試，希望金榜題名。站在朋友的角度，即使知道你的固執和你的壓力，我只能望著你心平氣和的神情，幫你加油。

在加護病房前，你的妻子鎮定的告訴我兩天前你剛參加完一場考試，和家人吃過晚飯後突然覺得不適，在浴室裡洗把臉就一頭栽下去了，送到醫院裡已經是重度昏迷。醫生當下診斷是腦幹中風，腦血管突然破裂出血，有生命危險，最好的情況是成為植物人。

這個醫學名詞對我來說很陌生，我只知道前法國*Elle*雜誌總編輯鮑比也是突然腦幹中風，不醒人事，等他恢復意識，全身已經癱瘓，成為所謂的準植物人，只剩下左眼還有作用。然後他眨一眨他的左眼一個字母一個字母寫下了《潛水鐘與蝴

蝶》，形容自己的的生命有如被禁錮在深海裡的潛水鐘，然而思緒卻如蝴蝶一般繽紛躍動。薄薄一百二十頁的書，我不忍心很快地讀完它，一行一行慢慢的讀著，一個字一個字的體會他艱難的用一隻左眼與外界溝通，當書頁翻盡，鮑比的生命也走到了盡頭。

親愛的J，鮑比是法國人，我只讀過他的書，但是不認識他；你不同，你是我的同窗好友，我們經歷過年少輕狂，也相約著要老來一起笑談當年。你不會忘記我倆重修夜間部的刑法課，蹺課後跑去大安公園的長椅上談心聊天的情景吧；我還留著上課傳過的字條，胡亂寫著少年情事；我才幫你拍過婚禮紀錄，還要繼續拍你和你的女兒。最重要的是，鮑比死了，你還活著呼吸著，你要做的只是恢復原狀、好好的醒過來而已。

你的淚水慢慢的滲出，含在眼角的細紋裡，我捏捏你的手臂跟你道別，承諾著再來看你的時候，我看見它緩緩的滑落下來。我相信你是有意識的，如同飛舞的蝴蝶，只是無奈僵硬的軀體和睜不開的眼睛，你也一定聽到我跟你說的話，你有什麼話想要同我說的嗎？

你一直沒有醒來過。

那一天我走出醫院，攔下計程車開往士林捷運站。士林是我們大學時常常下山遊樂的地方，當時我們多麼年輕，精力旺盛，而且不知天高地厚，橫衝直撞。車窗外燈光閃亮，行人喧嚷，我永遠不會忘記在那短短的車程裡，淚眼婆娑的街道離我多麼遙遠。

兩天後，J在陽光燦爛的早晨裡與世長辭，來不及過三十五歲生日，而他的女兒於雙十節平安出世。

J，攝於集集車站。

磨菇抹醬

【材料】

A . 中型磨菇兩盒。

B . 橄欖油3大匙。

C . 高湯或清水3大匙。

D . 雪莉酒2大匙。

E . 三粒大蒜切碎。

F . 奶油起士半盒（8 oz.）。

G . 香菜切碎2大匙＋細青蔥切碎1大匙。

H . 鹽及胡椒粉適量。

【作法】

1 . 熱油鍋，加入A、C、D煮至滾，加蓋燜五分鐘。

2 . 拌入蒜末，撈起磨菇，與F和G拌勻。

3 . 灑上鹽及胡椒粉調味。

玉米洋芋濃湯

【材料】

A . 洋蔥1顆切碎。

B . 大蒜1瓣切碎。

C . 中型馬鈴薯1顆切小塊。

D . 西洋芹2根，橫切小片。

E . 青椒1顆，切絲。

F . 油和牛油各1大匙。

G . 高湯2又1/2杯。

H . 牛奶1又1/4杯。

I . 玉米粒1罐。

J . 乾鼠尾草酌量。

【作法】

1 . A～F在鍋中炒香，加入高湯煮滾，轉小火續煮15分鐘。

2 . 加入H～J後再續煮約5分鐘。

南柯一夢
書店 vs. 胡桃糖烘蛋糕

這個週末邀請老朋友來家中聚餐，我們相識有半輩子了，相聚聊聊小時候的趣事，說説自己的近況。這些年來各自忙著學業事業，大家許久沒見，個性上有許多地方和習慣彼此依然熟悉，但是對生活的態度和計畫卻因為長大了而有所調整。

除了主菜吃得津津有味，他們對於餐後的甜點「胡桃糖烘蛋糕」也是讚不絕口，一面慫恿我去開店，一面還非常大方的願意提供資金，當他們七嘴八舌的討論要開什麼樣的店好，我説其實我夢想開一間書店，一家專賣二手書的書店。

「啊？二手書店？」
「對呀，還提供一些簡單的咖啡，以及蛋糕點心，顧客可以隨意……」
「二手書店在台灣沒有市場啦！」
「你這樣一定賠本喔……」
「還是開餐廳好，那我一定入股，你做書店做不起來的，那我可不要投資喔！」
「可是開餐廳要應付這麼多客人耶……我其實只是喜歡親手下廚的感覺……」
「當然不要你自己掌廚囉，我們先挑選一批廚師來訓練，你負責品管，我們要先建立一套制度……」

《書店》*The Bookshop* 蓓納蘿・費茲吉羅（Penelope Fitzgerald）／著　陳蒼多／譯（新雨）

我夢想中的書店店面整潔，書櫃也擦拭乾淨，書籍仔細的分類上架。

咬了一口蛋糕，看看每個人都十分興奮，討論得口沫橫飛，我卻是恍恍惚惚想起英國女作家蓓納蘿・費茲吉羅寫的《書店》。

那是一九五九年的一天晚上，佛羅倫絲夜未成眠，思忖著哈波羅這個地方原來是沒有書店的，考慮是否要開一家看看，也是一圓開書店的心願。接著這位意志堅定、已近退休年紀的寡婦就真的買下一塊地產，開始批貨進書了。不知為什麼，小鎮上的人多半抱著觀望的態度，也沒有熱誠的支持，絲毫不看好佛羅倫絲的經營。有些人意思意思去她的書店逛逛買了幾本書，表面上還要裝著冷冷的模樣，當初極力反對開書店的人則是壓根兒拒絕踏入書店一步，還用各種管道試著讓佛羅倫絲打退堂鼓。經過不斷的努力與對抗，佛羅倫絲終於明白哈波羅並不需要一家書店。

我夢想中的書店店面整潔，書櫃也擦拭乾淨，書籍仔細的分類上架。室內放置幾個鋪著格子或碎花桌布的小圓桌和椅子，或是舊而乾淨舒適的單人沙發。四周牆壁是淡雅素淨的淺鵝黃色，吊掛著我的攝影作品，不時和我收集的各地明信片替換展出。透明的玻璃食櫃裡擺放著新鮮烘烤的蛋糕、餅乾，限量供應。至於咖啡，盡量樸素，簡單方便的滴濾式咖啡機，不會製造太多翻書之外的雜音。

至於如何找到二手書的來源，除了收購、交換，我想還可以試試圖書館的舊書出清。住在印第安那州的布魯明頓時，鎮上的圖書館每個月都有舊書清倉日，大都在美元二十五分錢到一塊錢，有一次我驚奇的發現高拜石先生的《古春風樓瑣記》，一整套精裝紅封皮，只花了不到五塊錢。後來移居加州的馥麗蒙，當地圖書館平常也有舊書釋出，二十五分錢一本，每每經過我都會進去張望有沒有什麼書在賣，結果買到伊莎・丹尼蓀（Isak Dinesen）的《遠離非洲》，還是 *TIME* 雜誌一九六三年因其閱讀計畫特別設計的版本；圖書館一年一度都會舉辦大型 Book Sale 的募款活動，有趣的是價格是以書本疊起來的高度計算，如果自己帶購物袋來，不管大小，裝滿一袋通通五塊錢。我總是從書堆中找到不少有趣的書，也因此找到一本薄薄的食譜 *Food*

Editor's Favorites - Desserts，是美食記者收集各地的糕點及家傳作法，於一九八八年彙整出版。其中最適合溫暖書香的主題點心要算是胡桃糖烘蛋糕了吧。這是一位住在俄亥俄州赫姆斯郡以做奶製品聞名的亞米遜族婦人所提供的食譜，因此這個蛋糕包裹著一種特殊的農場滋味。

首先將蛋糕部分的材料拌勻，夾心餡料則是混合碎胡桃、紅糖和肉桂粉，把麵糊倒一半在蛋糕模裡，舖上一半的胡桃夾心，再把剩下的麵糊和餡料依序舖上。其中一個特別的材料是酸奶油，搭配胡桃烘烤後的油汁，揉合麵粉的麥香，加上蛋糕上面酥脆的碎胡桃和紅糖，而夾心部分則是鬆軟香甜，有著與一般蛋糕完全不同的口感。

「……怎麼樣？許多餐廳開不成倒不是菜不好吃，完全是經營模式的問題，所以我們要從管理著手……」他們全都向我這邊望過來，我眨眨眼，回過神來猛點頭，此時此刻的我享受著一杯剛剛煮好的咖啡加熱牛奶，配上胡桃糖烘蛋糕，才剛做完一個書香滿室的夢。

不知道我的書店是否有朝一日得以開張，但是我想我似乎能夠理解佛羅倫絲開不成書店的原因了。

胡桃糖烘蛋糕

【材料】

A. 奶油2條與砂糖3/4杯拌勻。

B. 蛋2顆＋香草精1茶匙＋酸奶油一杯（可以原味優格代替）。

C. 中筋麵粉2杯＋小蘇打粉1茶匙＋泡打粉1茶匙＋鹽1/2茶匙。

D. 紅糖1/3杯＋砂糖1/8杯＋肉桂粉1茶匙＋碎胡桃仁1杯。

【作法】

1. 預熱烤箱350°F/180°C。

2. 將B拌入A。

3. C混合後與「2.」材料攪拌均勻。

4. 將一半麵糊倒入烤盤，舖上一半的D材料，再將剩下的麵糊倒入，依序舖上剩下的D。

5. 入烤箱30分鐘。

亦敵亦友的情誼
江國香織 vs. 肉桂葡萄乾麵包

年過完，還留著一個尾巴，緊接著是西洋情人節，加上各地因著元宵節舉辦的大小燈會，熱鬧過了頭，春節才算真正過過了。接下來的這個週末是陰雨低溫的天氣，適合在家養精蓄銳，上街的人少了些，奔放歡樂的節慶彷彿一下子被抽乾似的，城市裡安靜許多。

我慵懶的睡到中午才起床，裹著睡袍在家裡穿進穿出，拉開落地窗的窗簾，沒有陽光；把衣服丟進洗衣機，開始運轉。肚子不是很餓，但是需要一點元氣，吃光保鮮盒裡剩下的幾片餅乾，配著咖啡，品味一下晏起的星期六，想著也許來試試那台同事送的麵包機。據說，那台麵包機至今還沒有烤出過一個成功的麵包，所以在同事家的陽台上窩著有一段時間了，有一天聊起來，他大方的說「給你吧」，像是拋出一個燙手山芋。

於是我研讀了一會兒操作手冊和附錄的麵包機食譜，清點一下廚房裡現有的材料，剛剛好可以做一個肉桂葡萄乾麵包。按照食譜上的分量，一項一項放進麵包機的內鍋，最先放的一定是液體，水或牛奶，接著放材料，麵粉、紅糖、奶油、脫脂奶粉、肉桂粉等，最後才放酵母粉。將內鍋放進麵包機，設

《神聖花園》江國香織／著　黃薇嬪／譯（麥田）

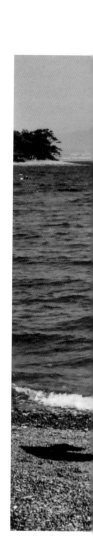

攝於日本沼津海邊。

定程式在「特殊麵包」，麵包顏色調成「淡」色，然後按下開始鍵。一陣轟隆轟隆的聲音讓我受了一點驚嚇。十五分鐘後將切碎的核桃和葡萄乾丟進去。

等著不知會不會成功的麵包烤好要三個多小時，這段時間倒是適合一個沒有目的性的閱讀。看著滿書櫃花花綠綠的書背，一本本耀眼的名字，感覺有點厭煩，此時真是興趣缺缺，卻又不想無所事事的打發一個週末的下午，最後挑了一本江國香織的小說，好久以前在某次書展上買的，卻一直沒空閱讀的《神聖花園》。

故事裡提及的是一對從小到高中一直是知己的好朋友果步和靜枝，她們互相關心，熟悉彼此的喜好，但是無法認同對方的感情生活。果步五年前結束一場戀愛，對舊情人一直無法忘懷，也無法接受新感情，只能藉著不同的肉體關係假想一種幸福，靜枝因此為果步不值；而靜枝自己與有婦之夫的不倫之戀，也讓果步看不過去。然而，她們表現關心和友誼的方式，因為對彼此太熟悉而顯得尖酸刻薄，明明希望對方能夠幸福，卻又懷著一種莫名奇妙的矜持與忌妒。

長久以來，女性之間的友誼總是不能一言以蔽之的，它揉合了親情、友情甚至愛情的成分，有時候亦敵亦友，複雜程度大概可以寫成心理學科的論文吧！不過誰會這麼無聊？所以江國香織在這裡細細的剖析給你看。書中寫的也許不是什麼大道理，但是讀著讀著彷彿開始同意起來，不過就是把你心裡的瑣碎感覺寫出來，那些細微到你不屑一顧的心情，展演在紙上，像是直視一面鏡子，鏡中的你蓬頭亂髮，有點令人招架不住。

回想自己與多年好友的關係，好像也是這樣，有時候還是不知道為什麼她就是很介意我說的一句話，為什麼我就是會無緣無故對她生悶氣生很久，然而我們一點都不想好好溝通，因為都覺得我們這麼熟，應該要彼此了解的……但是我還是關心她，希望她過得好，不時寫張卡片問候，關係就又走回來了，於是這樣周而復始，彼此牽扯著，儘管年紀增長，和這樣多年的老朋友相處，怎麼睿智的腦袋好像都要故意去任性一番。

江國香織用女性特有的感性和直覺，寫出女人們心底的聲音，即使故事中的主角們從事各種職業，各個光鮮亮麗而且漂亮，但是真要計較起來，她們那些細微的心思，鑽牛角尖的態度，使那種小小壞心眼的想法，還真的是很平凡，平凡一如你我。

屋子裡不知道什麼時候已經瀰漫出一股香味，麵包機奇妙的把麵包烤好了，熱騰騰的麥香和肉桂香撲面而來。待麵包稍微冷卻，迫不及待的切下一片，咬下一口，新鮮彈性的咬勁，伴有核桃的豐富滋味，剛出爐的麵包果然有一種溫暖的幸福感覺。

江國香織筆下的人們，總是住在城市邊緣上小小的、但是明亮整潔的公寓裡，有一個乾淨卻能夠變出豐富料理的廚房，常常有紅茶和咖啡的氤氳繚繞，還有充滿餅乾和蛋糕的下午，偶而一些朋友間交換的八卦，生活不過也就是尋找這樣一份淡淡的幸福感覺罷了。

肉桂葡萄乾麵包

【材料】

A · 水或低脂鮮奶3/4杯。

B · 麵粉2杯。

C · 鹽3/4茶匙。

D · 黑糖2大匙。

E · 脫脂奶粉1大匙。

F · 奶油1大匙。

G · 肉桂粉1茶匙。

H · 酵母菌1又1/4茶匙。

I · 核桃1/4杯，葡萄乾1/4杯。

【作法】

1 · 將A~H依序放進麵包機內鍋中。

2 · 設定「特殊麵包」模式。

3 · 麵包皮顏色設定「淡」。

4 · 按下開始鍵。

5 · 大約15分鐘後，麵包機會響，機器仍在運轉中，可以加入核桃和葡萄乾，蓋上蓋子繼續攪拌。

6 · 麵包機再一次響起時就可以享受剛出爐的麵包啦！

柔軟的那裡
陰道獨語 vs. 提拉米酥

那是二○○二年的情人節，Julie邀請我參加她和室友們準備的「The Vagina Monologues Reading」，我當時並不認識「Vagina」這個字，還去翻了字典，更是一頭霧水不知道這究竟是哪門子情人節活動。基於難得有人在情人節邀我出門，便一口答應了。

Julie是我在加州奧克蘭市做青少年輔導義工時認識的，才剛大學畢業，卻十分的成熟穩重，大概和她長期投身義工工作有關。由於她的祖父母來自義大利，她也曾到羅馬做交換學生一年，我想就做一道提拉米酥（Tiramisu）帶去。

提拉米酥的材料不多，做法不難，只是需要花一點功夫在調味和攪拌奶油上面，然後是一層一層疊起來的功夫。傳統的義大利提拉米酥餡兒是混合義式乳酪奶油（mascarpone cheese）和蛋黃，再拌入打得發泡的蛋白，因為不經過蒸烤，生蛋多半含有沙門式桿菌，現在許多食譜建議免去雞蛋，而加入多一點重奶油（heavy cream）。這次我就用美式提拉米酥的做法，夾層用海綿蛋糕替換橢圓形手指餅乾（lady fingers）。

到了Julie那裡，才發現參加的人大都彼此不認識，不一會兒，小小的客廳就塞滿了快三十人，大家和善親切的比肩坐著，期待共度一個特別的情人節。

《陰道獨語》*The Vagina Monologues* 依娃・恩斯勒（Eve Ensler）／著　陳蒼多／譯（新雨）

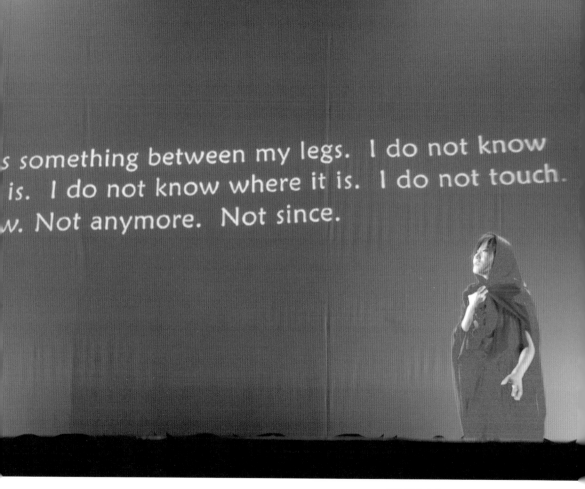

s something between my legs. I do not know
is. I do not know where it is. I do not touch.
w. Not anymore. Not since.

攝於2007台北Vday演出。

原來Julie和室友們要朗讀女劇作家艾娃‧恩斯勒（Eve Ensler）的作品The Vagina Monologues。恩斯勒面訪了二百多位女性，請她們分享對陰道的想法，然後彙整出這些對話寫成此書，所以書中是一篇篇不尋常的關於陰道的故事。

乍聽之下很是驚異，怎麼同人談起陰道呢？那樣隱密的、陰暗的、常與不潔聯想在一起的身體器官，怎麼可以堂而皇之在大庭廣眾下的被人談論呢？然而透過Julie和她的室友們生動的聲音表情誦讀書裡的各個篇章，我不知不覺的與身周陌生的臉孔一塊兒感動起來。

這些受訪的女人有些是性虐待受害者、街頭流浪者、性交易工作者，有些因為意外使得陰道受傷，有些則從來沒有享受過性高潮……訪談的內容原本只是問答的方式，後來受訪者喜愛談論陰道的程度連恩斯勒都覺得驚訝。對於這個盡忠職守卻一直未被正視的器官，竟然肩負了許多女人的夢想與失望。

例如在〈我的陰道是我的村莊〉這一篇裡有這樣的文字：
「我的陰道是綠色的，水柔的淡紅色田野，母牛鳴叫，夕陽休憩，可愛的男朋友用金黃的稻草輕觸著。」最後這篇文字卻結束在「我的陰道，一座活生生又濕潤的水村莊，他們入侵它，屠宰它，把它全部都燒毀了。我現在不去碰觸了。不去造訪。我現在住在別的地方，我不知道那是什麼地方。」

當問及要為陰道穿衣服時，答案則千奇百怪，令人不禁莞爾：
－女子眼罩
－高跟鞋
－紫色羽毛，嫩枝和貝殼……

恩斯勒先是以獨幕劇的方式，在紐約外百老匯演出這些關於陰道的篇篇獨白，進而巡迴到其他城市甚至其他國家。一九九八年此書出版後，為了推廣此劇以及反性暴力的觀念，開始和各大專院校的學生社團合作，在校園內演

出，並選了情人節這一天為V-Day，賦予情人節（Valentine's Day）一個新定義：反暴力（anti-violence）的紀念日，以及開始正視自己陰道（vagina）的日子。

數以萬計的性侵害事件在世界各地發生，女人的陰道遭受不幸的凌虐，為了要防止同樣的事故，必須去看見自己受傷害的地方，去了解、去敬愛，才能更加保護，遠離傷害。而長久以來女人們被教導對陰道的漠視、不關心以至於嫌惡，造成不斷上演的悲劇，整個社會固然難辭其咎，女人本身也要覺醒，對自己負起責任。

正如恩斯勒在序言所說：「一但更多的女人說出這個字眼，那麼說出這個字眼就會變得比較不是那麼了不得的事情，它會變成語言的一部份，變成我們生活的一部份。我們的陰道會變的完整、受人尊敬、神聖。它會變成我們身體的一部份，與我們的心靈結合在一起，強化我們的精神。羞愧的感覺會離我們而去，暴力會停止⋯」

Julie和室友們的表演贏得價響連天的掌聲，老舊的公寓似乎也猛烈的搖晃兩下以示喝采。我與身旁的女孩交換一個滿足的微笑，她說去年在柏克萊大學看過此劇的演出，非常溫馨感動；在座的男士紛紛趨前擁抱演出的女孩們，一時之間，這一屋子互不相識的男女成了生命共同體，大家都變得勇敢，面對自己，面對別人。

攝於國軍英雄館。

所以說，提拉米酥和此書的關聯原本只是這樣一個巧合，後來我每每思及，竟想不到更適合的點心來搭配。女人們的那話兒是如此的溫馴柔軟，卻又勇敢堅強，像是提拉米酥嚐起來鬆軟美味理所當然，製作過程卻是費了不少的手勁兒和力氣把奶油「打熟」。它是一道極富力量的點心，如同女人的陰道一樣powerful。

我不是學院派，並不怎麼了解女性主義之類的觀點，也不是揮舞著一頂女權運動的帽子，就是單純的喜歡*The Vagina Monologues*帶給我生命的啟發。若是你願意，男人或女人，請來閱讀這本書，它的感動乃是基於一份慈悲，一份理解，會讓你的眼光更為柔和，精神為之堅強。

後記：二○○三年，我回到台灣，陸陸續續聽到有些學校開始搬演*The Vagina Monologues*，慢慢的，有人注意到這一齣戲，還有V-Day。

不久之後我的朋友Josephine唸完她的戲劇治療碩士，也從英國回來了。Josephine和我在大學時代曾經一起參與過一齣舞台劇的表演，於是，當我跟Josephine談到*The Vagina Monologues*這本書，談到V-Day，談到我的感動時，她的眼中發出亮光，「怎麼樣，我們就來做戲吧！」。這麼一提，我也興致勃勃起來，計畫著把以前劇團的朋友找來一起玩。這一個小小的夢開始發芽，但是我並沒有做太多努力，工作的事、生活的事，慢慢變成阻礙，還有，重新要「演」的動力遲遲推不動。Josephine則一直在練習，參與各種不同的演出機會。

這時候，傳來彼岸的上海禁演此劇的消息。

台灣則發生了北一女護理老師要求學生畫自己的生殖器事件。

將近兩年之後，Josephine說，有人要做*The Vagina Monologues*了，而且，她受邀參與其中的演出！

二○○五年，V-Day終於在台北市開始成形，由藍貝芝導演的第一場「陰道獨白」在西門町的紅樓劇場上演，我在台下看著Josephine還有其他女孩的演出，感動得鼓掌叫好。這是我的夢，由一群積極的女人完成；這也是所有女人的夢，可以高聲談論自己的陰道，再也不需要擔心和害怕。

二○○六年，Josephine在勵馨基金會規畫一連串的訓練課程，並且親自帶領基金會的志工們在台北縣演出「陰道獨白」。

二○○七年，台北市的「陰道獨白」首度以中英文雙語同台演出。而勵馨基金會則開拔到高雄市演出。

如今台灣正式串連起世界的「V-Day」活動，與本土的相關議題結合，期望能夠吸引大家更多的關注，對性別意識有更多的理解。

提拉米酥

【材料】

A. 馬士卡彭起士（mascarpone cheese）或其他軟起士一杯，約8盎司。

B. 香草精一小匙。

C. 蘭姆酒或干邑白蘭地1/4杯。

D. 重奶油一杯。

E. 手指餅乾或是切成2公分寬的蛋糕片。

F. 咖啡口味利口酒（Kahlua）2大匙＋柳橙汁1/4杯。

【作法】

1. A~D混合攪拌均勻成糊狀。

2. 將手指餅乾或蛋糕片輕輕的在F混和液中沾一下，沾的那一面朝上鋪在蛋糕烤盤底層。或是其他圓形或方形的玻璃容器皆可。

3. 鋪滿後，將上述1/3分量的「1.」鋪在手指餅乾或蛋糕片上，依此類推交錯向上堆疊。

4. 蓋上保鮮膜放入冰箱冰約兩個小時。

5. 上桌時在蛋糕上面灑上可可粉裝飾。

註：我曾經在家樂福發現有賣手指餅乾。另外，現在在稍微大一點規模的超級市場，也可以買到mascarpone cheese，不然，一般的cream cheese其實也可以代替。

人生的秋季
微暈的樹林 VS. 南瓜濃湯

少女時代死心塌地喜歡的女作家，有些消失了，消失了也還好，更有些後來都變了樣了，密集曝光的程度和失去的優雅不相上下，不是不好，只是她們對待文字的方式也變了，變成令我無法忍受的那一種。所以對於簡媜，即使一直都很喜歡，但是她的著作我並沒有照單全收一一閱讀，我想我是有些刻意和她的文字保持一種距離，唯恐太喜歡了，失望起來就變成恨了。

然而，零零碎碎的隨手讀著簡媜的作品，從早年在《水問》裡讀到的娟秀細緻，後來大雁時代的《下午茶》裡的淡泊小品，到現在手邊這一本《微暈的樹林》裡的幽默大器，她的散文風格穩健的變化著，有她自己的覺醒成長，也與讀者分享人生的了悟。這麼多年過去了，我終於很放心的捧著她的文字，甘願做她的粉絲。

《微暈的樹林》是簡媜有一天從一個紙箱裡拖出來的百來篇未及集結的殘稿或剪報，過去十多年間的作品，一下子重現眼前，初時厭煩不知如何是好，後來終於決心花時間一一修改整編，以不同方向沿步道而行的意象為架構，繼以雜樹、野鳥、藤、亂石、芒叢五個大標題寄託修繕的心情，爬梳時間長流裡的回顧，彙集八十九篇遂成本書。

《微暈的樹林》簡媜／著（洪範）

我們已經走在人生的秋季，過去的努力如今可以收成檢驗，也
可以腳踏實地的討論未來的可能性。攝於美國加州半月彎。

她在後記裡提到，整理這些稿子的時候，總像遊牧民族背著牛羊（稿件）在諸多咖啡店、速食店放牧，我不禁莞爾。最近整理起部落格的舊稿新作，一邊還要記著編輯定下的交稿日和出版日，我的工作情況也相差無幾，唯一不同的應該是作品的質量和文學素養的積累吧！而簡媜的生命經驗與文采也才能沉澱出這樣讓人玩味的句子：

「交纏的意義，是在自己安身之後猶能以更大的胸襟給對方留一點餘地。」

又，譬如說到獨處：

「……為了重新勘查距離，使自己與人情世事、錙銖生計及逝日苦多的生命悄悄地對談。」

閱讀書中的文句，處處充滿禪意與智慧，就像是秋天，經過整年的養成茁壯，現在採摘下來一次呈現。

入秋天氣漸漸轉涼，卻還有一點點夏季的餘溫，黃昏首先顯露老態，提早收拾就下班了。巷口的蔬果店端出一大簍的南瓜擺在門口，橙色碗公大小的南瓜層層疊疊坐在那裡，一個勁兒的堆著笑，即使我從沒試過以南瓜入菜，還是忍不住抱了兩顆。返家的路上忽忽想到簡媜說的：

「年過三十，大約就跨入秋季門檻，少了年輕時期的燥熱，也還不到雪夜呵暖的的地步。」

呵……那就邀集幾個年過三十的朋友，一塊兒來品嚐頗具秋天滋味的南瓜濃湯吧！

朋友帶來一瓶水果酒，一條剛出爐的法國麵包，我們就著濃湯配麵包，還有大提琴低沉的嗓音，搖曳的燭光，吃吃喝喝，談談大家最近的情況。我們還保持十幾二十歲時的情誼，一起走過了三十歲，有的還在執著完美的戀情，有的決定要孕育下一代，有的想要到外地發展事業……我們已經走在人生的秋季，過去的努力如今可以收成檢驗，也可以腳踏實地的討論未來的可能性。

香濃的一大鍋南瓜濃湯，綿密豐富的味道在齒間留存，彷彿一季豐收的陽光和整年儲存的養分全都化進這一鍋湯裡，末了還將鍋底舔淨，大家都心滿意足。冬天，對於我們還算遙遠呢！

南瓜濃湯

【材料】

A. 南瓜一顆，削皮挖出種子後，切小塊。

B. 洋蔥2顆，切碎。

C. 大蒜2瓣，切碎。

D. 蔬菜湯或雞湯6杯。

E. 柳橙（椪柑或柳丁皆可）1顆，表皮削成碎屑，剩下榨汁備用。

F. 百里香1/2匙或新鮮百里香約3大匙。

G. 牛奶2/3杯。

【作法】

1. 將洋蔥在大鍋中炒熟，加大蒜續炒4分鐘，加入南瓜翻炒2-3分鐘。

2. 將蔬菜湯或雞湯加熱後，連同E、F倒入鍋中，煮滾後，蓋上蓋子轉小火，續煮20分鐘，或至南瓜軟爛。

3. 待湯稍涼後，倒入果汁機或蔬果調理機中攪拌成濃稠狀，倒回鍋中加入牛奶繼續小火加熱，但不要大滾。

4. 熄火，盛入湯盤中，灑一點百里香或香菜末。

暮年

餘燼 vs. 匈牙利牛肉湯

對我來說，匈牙利是一個陌生的國度，只記得爸媽有一次出差到布達佩斯，帶回來的紀念品是一只水晶天鵝，小小的。除此之外，倒是常常在簡餐店的菜單上看見「匈牙利牛肉飯」，兩球白飯上淋著醬汁，旁邊幾塊鬆軟的牛肉塊和幾枚青花椰菜，口味是否道地，則是需要一點想像力的。

匈牙利菜餚主要材料是以洋蔥、蕃茄、青椒及甜椒粉佐色與調味。十七世紀時土耳其人將甜椒種子引入匈牙利，一直到十八世紀廣泛流行做成香料，從曬乾的甜椒所製成的甜椒粉（paprika），有一點點辛辣味但是偏甜，而甜椒本身顏色愈淡，它製成的甜椒粉會愈辣，在匈牙利菜中成為最主要的調味料。在一九三七年獲得諾貝爾生理學或醫學獎的匈牙利科學家阿爾伯特·山特吉爾吉（Albert Szent-Gyorgyi）更研究發現，甜椒所包含的維他命C是一般橘子的七倍呢！

我試著烹煮的匈牙利牛肉湯算是典型的匈牙利菜，本來是以切塊牛肉燉煮而成，但是為了求簡便，我使用牛絞肉代替，口味較為稀薄，倒挺適合漸漸進入冬季氛圍的暮秋時節。在鍋中炒熟牛絞肉、洋蔥和青椒後，拌入麵粉，主要使湯汁稍微黏稠，麵粉拌勻後加入高湯和其他材料。大火煮開再轉小火，爐子上的火苗靜靜

《餘燼》Embers 桑多·馬芮（Sandor Marai）／著　汪芸／譯（大塊文化）

攝於加州Carmel海邊。

的而且穩定的燒著，鍋裡的湯汁滾動著冒著小小的泡泡，這讓我想起一個歷經多年煎熬、在記憶裡囚困的故事：匈牙利作家桑多‧馬芮的作品《餘燼》。

故事一開始敘述兩個分離四十一年的朋友將在一座遺世獨立的古堡中重聚，古堡男主人是一個老將軍，他精心設計的晚宴菜單及布置，一如四十一年前他們最後一次聚餐時的模樣。透過他們的對話，緩緩揭露出一件當年沒有完成的謀殺，真相未明的外遇。

老將軍的妻子去世之後留下來的筆記本裡可能記錄了全部的解答，老將軍守候了這麼多年不曾打開來看，就是等待這一天與朋友重逢的時刻當面對質，隨著兩位老人的對話和累積多年的情緒，最後卻讓火焰將這一段不為人知的祕密吞噬殆盡，成為永恆的無解。也許將軍並非執意於一個親口證實的答案，然而在所敬愛的童年朋友面前，他藉著一場宛如召魂儀式的自問自答，半輩子以來的抑鬱才終於獲得了解放。

正如書名所暗示的，兩個垂垂老矣、來日無多的人，如同火堆的餘燼，燃燒至暮年，火苗明明滅滅，該燒的都燒光了，就算是真相，也因為記憶的重組和改寫，早就失落在漫長的人生行旅中。

匈牙利在兩次大戰中，先後遭受經濟大蕭條的影響以及被納粹德國的占領，還因為不平等條約失去大半國土，戰後則由蘇維埃政權接管直到一九九一年。自稱為中產階級作家的馬芮對此格外感受深刻，他認為中產階級是組成整個歐洲的精英分子，充滿民主自由的精神和責任感、具有高度覺醒能力和堅忍的毅力，但是經過戰爭的洗禮，他也發現這樣的理想竟無法貫徹，致使匈牙利無法振作，屢遭納粹、法西斯和共產主義的荼毒，最後也迫使他逃離家鄉。

《餘燼》於一九四二年出版時，匈牙利已經加入歐洲戰場。書中老將軍與友人經過一場精疲力竭的激辯之後，友人告辭離去，老將軍喃喃自語著說：「看看，蠟燭快燒完了。」蠟燭的隱喻也許是反映將軍的晚年心情，又彷彿是馬芮對祖國黯淡無光的未來不知所措。

《餘燼》是一首低迴不已的輓歌，即使闔上書，總還覺得旋律迴盪在晚秋的寧靜黃昏，一如爐子上的牛肉湯，承載著濃郁的香味與色澤。靜待鍋中的馬鈴薯軟熟之後，熄火蓋上蓋子。天色暗了，邀請的老友也快到了，咱們倒是沒有恩怨需要化解，不過就是一同細細品嚐牛肉湯的好滋味囉！

匈牙利牛肉湯

【材料】

A. 牛絞肉1磅，約兩個拳頭大的分量。

B. 洋蔥1顆，切碎。

C. 青椒1個，切小丁。

D. 麵粉2大匙。

E. 馬鈴薯3個，煮熟去皮切塊。

F. 甜椒粉2大匙。

G. 辣椒粉1/4小匙。

H. 乾牛膝草（marjoram）1小匙，可以乾羅勒代替。

I. 鹽和葛縷子（caraway seeds）各1又1/4小匙。

J. 蕃茄糊。

K. 牛肉高湯或自製高湯和水各3杯

【作法】

1. 在鍋中炒熟碎牛肉，約1分鐘。

2. 加入B和C繼炒直至蔬菜軟熟，約10分鐘，加入麵粉攪均勻，再炒1分鐘。

3. 剩下材料全部加入，煮至滾，轉小火再煮10分鐘，至馬鈴薯軟。

4. 熄火，盛入湯盤中，可當湯品食用，或配麵包、麵條當作主餐。搭配紅酒也很不錯。

三十個驚喜
小國王十二月 vs. 水果蛋糕

這個在聖誕節送「水果蛋糕」（Fruitcake）的傳統不知道是從何發源的，來自
歐洲的早期移民都有不一樣的故事。最早將水果加入麥粉烘焙的食譜，可以追
溯到古羅馬時代；直到中世紀，使用醃漬的水果、蜂蜜和其他香料的蛋糕才正
式命名為「水果蛋糕」。到了十八世紀，季節豐收時將採收下來的堅果加入
水果蛋糕，保存起來到下一次收獲的季節再享用，因此有祈福的意思。

據說歐洲曾經訂定一條律法，規定只有在聖誕節、婚禮及其他少數的節慶才
可以食用水果蛋糕。長此演變下來，眾說紛紜的故事各個都十分有趣，各家
的廚房也逕自發展出不同的材料內容。相同的是，蛋糕裡面一定含有酒和水
果乾，而且不須加防腐劑也能夠保存長達一年之久，曾經有人在過了二十五
年後才享用，聽說味道更加香醇。

我想也許就是因為這種蛋糕可以保存很久的特性，暗喻了人際常情的綿延不
斷，所以被當成年節的最佳賀禮，尤其是在北國下雪的冬天⋯⋯

水果蛋糕的特點就是「愈陳愈香」，拿出烤箱等它完全冷卻，密封起來收藏

《小國王十二月》*Der kleine König Dezember* 阿克塞爾・哈克（Aexl Hacke）╱著
米夏埃爾・佐瓦（Michael Sowa）╱插畫　林敏雅╱譯（星月書房）

攝於美國印第安那大學校園。

一個月後才可以享用或送人，這是為了要讓酒和水果在沒有空氣的介入之下，醞釀成酒味十足，果香四溢。

於是決定今年要送給朋友們不一樣的聖誕禮物，早早在十一月便開始著手進行這個水果蛋糕計畫了。

烤這種蛋糕時溫度較低，至少都要烤上二至三個小時，在這個當口，我就翻出老朋友Chiscia送給我的童話故事書《小國王十二月》，德國作家Aexl Hacke所著，還有Michael Sowa很可愛的插圖。

小國王十二月二世的出生很奇妙，首先王后和國王一世必須緊緊抱在一起，從高高的陽台往下跳，然後地面會像彈簧一樣把他們彈到天空，順手摘下一顆星星，放到床上，第二天星星醒來，就成為小國王了。他一出生時年紀就很大，就已經會做大人應該會的事，諸如使用電腦、演算方程式等等，學識豐富，什麼都懂；之後慢慢一天一天變小，一天一天遺忘一些事，讓生命的終點結束在童年，最後消失不見。

小國王說，也許生活應該從夜晚開始，當人們早上醒來，其實是短暫的歇息，所以呢，醒來其實是睡著，睡著了的夢境其實是醒著的人生。白天一整日都在做著令人厭倦的工作的夢，到了夜晚上床後才醒來成為真正的自己，做想做的事；有時是飛行員，有時是麵包師傅。如此一來，白天的事情變得不是那麼意義重大，也不具有決定性，不過是一場夢；晚上卻是真正要過的日子，這樣倒過來想不是很好嗎？所以人不能決定將會做什麼樣的夢，這樣的生命才有意外的驚喜。

如此簡單的童話故事，有著意想不到的人生哲理，顛覆了平凡制式的生活經驗，也嘲諷了當下人們給自己設置的教條，不但局限了想像力，也禁錮了生命進行的各種可能性。書中的小國王藉由插畫栩栩如生起來，溫暖的色調和筆觸頗適合在這樣的冬天下午，沒有壓力的閱讀。

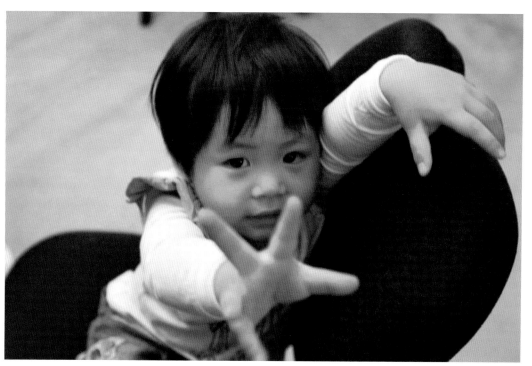

小國王慢慢一天一天變小，一天一天遺忘一些事，讓生命的終點結束在童年，最後消失不見。

終於，馬不停蹄的在幾天內完成三十多個蛋糕，分別密封包裝，並標上名稱和日期，儲藏一個月之後一一郵寄出去，每一個蛋糕採用不同的食譜，有的加白蘭地，有的是加蘭姆酒，有的是葡萄乾蜜棗多一點，有的拌進榛果或核桃……這是我第一次做水果蛋糕，沒打開之前，連我也不知道味道如何。倒是有一點藝不高膽子可大了。

且不管它究竟好不好吃，若是抱著和小國王一樣的作夢心理，那麼這個蛋糕的口味不就是一份莫大的驚喜嗎？

今年的冬天，因為一整個廚房盤桓不去的蛋糕香味而顯得無限溫暖，或許，我的朋友們也因為收到這麼一個無厘頭的禮物而有一個不一樣的聖誕節。

附記：朋友們的「吃」後感

加菲：謝謝你的蛋糕，包裹帶著酒香味，遠渡重洋而來，他的味道很神奇，有一點Q，咬下去吃到一大口水果包裹著酒香，捨不得吃完。

J：我邊吃你的蛋糕邊喝紅酒，非常對味喔！

Adam：Thank you for the fruitcake. My dad loves it, and he suggested that the cake is better to go with brandy.

Dave & Ann：(answer machine) Hey! This is Dave from Indiana. We got your cake yesterday, it smells great! We are going to have it tomorrow when kids are here for Christmas. Merry Christmas and Happy New Year!

傳統水果蛋糕

【材料】

A. 各式水果乾切碎約4杯。

B. 葡萄乾2杯（可以糖漬的紅櫻桃和綠櫻桃代換）。

C. 薑糖塊1/2杯或薑粉1茶匙。

D. 新鮮柳橙汁1/2杯。

E. 檸檬汁1/4杯。

F. 柳橙皮及檸檬皮碎屑各2湯匙。

G. 香草精1湯匙（可省略）。

H. 杏仁精1茶匙（可省略）。

I. 白蘭地1杯。

J. 中筋麵粉2又1/2杯。

K. 泡打粉2茶匙。

L. 小蘇打粉1/2茶匙。

M. 鹽1茶匙。

N. 肉桂粉2茶匙。

O. 多香果香料（allspice）1又1/2茶匙。

P. 丁香粉1/2茶匙。

Q. 無鹽奶油約2條，室溫軟化。

R. 紅糖1杯。

S. 楓糖漿1/4杯。

T. 蛋5顆，打散。

U. 碎果仁，如核桃、榛果等。

【作法】

1. 將A～I混合，放入保鮮盒，冷藏兩天，其間要翻動以使水果乾均勻浸泡在白蘭地裡。

2. 烤箱預熱275℉/125℃。

3. 將J～P混合均勻，與Q～T攪拌均勻。

4. 加入「1.」之材料，攪拌後加進U拌勻。

5. 裝入長方形烤盤，入烤箱約2小時。

6. 取出待完全冷卻，用保鮮膜密封，再加上鋁箔紙包好存放陰涼乾燥處約一個月。（由於台灣潮濕，也可放進冰箱冷藏一個月。）

7. 食用時切片，佐以咖啡或紅酒。

備註：雖然材料很多，但是可以依自己的喜好斟酌水果乾和堅果類的分量；密封的時候，可以先將乾淨的紗布浸入白蘭地，然後包在蛋糕外面，再封上保鮮膜。

憂鬱共度
冬日將盡 vs. 蜂蜜椰香蛋糕

親愛的易斯：

今天早上在MSN上遇見你，聊了一下，問我最近在看些什麼書。

剛剛讀完的這本《冬日將盡》，說的是美國女詩人席維亞普拉絲的故事，尤其關注在她緩緩步入生命終結的心路歷程。台灣近來因為憂鬱症自殺的案例頻頻曝光，有不少是大家熟知的藝文界人士或是公眾人物，憂鬱症也與癌症和愛滋病名列本世紀人類三大疾病，據估計，憂鬱症患者最後死於自殺的竟然占了罹患人數的15%。

憂鬱症確實是一種自作自受、無法言說的情緒，微小的生活變化或是環境的壓力，都會被放大成千斤重的負擔，若是無從排解釋放，崩潰尋短常是最後的解脫。普拉絲曾經這樣描述自己憂鬱症的症狀：「我坐在同一個玻璃鐘形瓶下面，在我自己的酸苦之氣中慢燉慢熬，自作自受。」

它讓我想起我們也曾憂鬱的那一段時光。像一條浸滿水的抹布般潮濕的春天，甩也甩不開，毫無憐憫的重擊著身心。體內濕濕的血管流淌著黏稠的不耐，與空氣

《冬日將盡——詩人席薇亞普拉絲的最後旅程》*Wintering*
凱特·摩絲（Kate Moss）／著　何穎怡／譯（天培文化）

攝於美國新罕普夏州。

中飽脹的水分子相互拉扯，幾乎就要喘不過氣來了。或是如夏日的暴雨不歇，像是自己有了生命似的，自顧自生成一種樣子，幾天幾夜義無反顧的降落，進行末世浩蕩的洗劫。於是，呼吸這件事竟變成可笑的小瓢蟲，在雨聲凌厲中緩緩的爬行，失去方向。

當我翻著這本書，閱讀著普拉絲在生活裡的瑣碎體驗和精神上的抑鬱，竟像鏡子一樣反照出我當時那些未經診斷的情緒，如同憂鬱病患處於「鐘形瓶」的封閉世界中獨自掙扎。

我們是怎麼活過來的？

在生命最低潮的時候，展開了旅行，其中在芝加哥停留一晚，你得知此消息，開了四個小時的車從印第安那到芝加哥與我會面，彼時我們各自深陷在情緒的泥沼中載沉載浮，已經有好長一段時間未聯絡。我們在中國城喝豆漿，到碼頭坐摩天輪，去印度城吃午餐。你才鉅細靡遺的告訴我失婚的經過還有找工作上的難堪，我也才娓娓的同你說我那些日子以來的糾結，還有莫以名狀的悲傷。你在夜裡繼續四個小時的車程返回印第安那，我結束旅行之後，整理行囊決定離開美國。分手時，我們擁抱著告訴彼此，「不會再有更糟的了。」

本書書名*Wintering*直譯是「越冬」，也有冬眠的意思。越冬是動物或昆蟲得以存活的指標，如果可以克服當地嚴寒的冬天，就表示這是適宜居住的地方，可以繼續繁衍下一代。這裡特別指的是蜜蜂。蜜蜂是變溫動物，它的體溫隨著周圍環境的溫度改變，在寒冷的天氣裡，蜂巢內的低溫對蜜蜂是不利的，此時蜂后也停止產卵，蜂群在巢內則靠著攝取貯存的蜂蜜和花粉越冬。在人工養殖的環境裡，蜂蜜早就被養蜂人採光，以致於冬天無蜜可食，只好灌以糖漿熬過嚴寒。

作者在這本書裡運用蜜蜂越冬的隱喻，描寫普拉絲努力維持家庭生活和寫作的夢想，卻被其他人不公平的對待，剝奪生存下去的力量；像是勤勞的工蜂所採集的蜜被養蜂人剝削之後，沒有花蜜捱過冬天。普拉絲本身的童年經驗、丈夫的感情

背叛、生活經濟的壓力，逐漸侵蝕她的意志，終於在一九六三年二月十一日，於倫敦的家中開瓦斯自殺，距離春天還很遠。

當我烘焙一個蜂蜜椰香蛋糕，奢侈的用掉許多蜂蜜時，我無法確定那是不是包含著一整巢蜜蜂的一生，或是一個憂鬱症患者最後的命運？

然而，親愛的易斯，我只能慶幸，努力越過生命中的冬天，掙扎著一點點堅持下去的毅力，依傍著彼此的友誼及諒解，我們找回所有的自信與尊嚴，這麼樣地活過來了。

蜂蜜椰香蛋糕

【材料】

A. 無鹽奶油兩條（約200g）＋砂糖2/3杯＋香草精1茶匙，攪拌成黏稠狀。

B. 蜂蜜1/3杯。

C. 牛奶1/3杯。

D. 麵粉2又1/4杯＋泡打粉2茶匙＋鹽1/8茶匙＋小茴香粉1茶匙＋肉桂粉1/4茶匙＋多香果粉（allspice）1/4茶匙，混合。

E. 椰絲1/2杯。

【作法】

1. 烤箱預熱180℃或350℉。

2. 將A與B攪拌均勻後分次拌入D的混合麵粉及牛奶。

3. 加入椰絲拌勻。

4. 放入烤箱約30分鐘。

5. 待冷卻後可塗上蜂蜜乳酪塗醬。

註：蜂蜜乳酪塗醬──乳酪起士1盒＋糖霜粉1又1/2杯＋2大匙蜂蜜，攪拌均勻。

我的心靈雞湯

天堂的聲音 vs. 臘腸玉米濃湯

很少閱讀所謂勵志類的書籍，我覺得所有的道理其實就在那裡了，懂不懂其中奧妙都是個人問題，如果觀看事情的角度無法改變，那給他看十本心靈雞湯系列的書都沒有用。

有一個朋友，常常被別人欺負，總是跟我們這些同學訴苦，一開始我真的替他打抱不平，甚至憤而想替他去伸張正義、出一口惡氣。然而，這樣的事件一再發生，進一步觀察才知那其實都是根於朋友的一個「吃虧就是占便宜」的信念，但是往往在他吃了虧之後發現一點便宜也沒占到，惹了一肚子氣，因為他老是沒辦法在當下為自己據理力爭，只好受了委屈跟我們一而再再而三的抱怨。我們的建議儘管再有用，他只是聽聽，並沒有積極調整自己處理事件的態度，對他不利的情勢當然也不會有任何改變。身為一個朋友，我常常覺得很為難，不能放他自怨自艾，卻又很氣他的頑固和不知改進，讓老掉牙的問題一再發生。相較之下，我的功力大概遠遠不及《天堂的聲音》裡的那一位鞠躬盡瘁、諄諄善誘的外婆。

書中的主人翁珍妮佛的憂鬱其來有自，對於母親因為車禍而離世一直無法釋懷，雖然那是一場交通意外事件，她卻怨怪母親的疏忽而未及避開那一輛貨車，以致

《天堂的聲音》*All That Matters* 傑恩‧葛斯坦（Jan Goldstein）／著　張玲茵／譯（小知堂）

攝於馬爾他希爾頓飯店。

於丟下她孤零零一人；她怨怪父親的漠視，更埋怨父親新成立的家庭和未曾謀面的同父異母妹妹。在她的想像中，這些怨念不斷被強化，滿腔的怒火經過時間不減反烈，無處發洩。當她的愛人莫名奇妙的遠離，不安定的心情和被遺忘的恐懼被逼至臨界，生命變顯得一無是處，彷若只有自殺，可以終結自己的悲慘命運。

然而，尋死未成，外婆把她帶離傷心地，聲稱要在感恩節前治好她的憂鬱。

憂鬱，有時就是說不出來的情緒，因為說不出來，以至於積結在心裡，愈來愈深厚，成了繭，最後變成石頭一樣堅實，除了自己慢慢消化，沒有人可以扳開。

如何治癒憂鬱症，有所謂的專家診斷，也有民俗療法。展開懷舊的旅行，尋找與分享每天一點點值得驚喜的小禮物，外婆用她真實的生命故事貼近珍妮佛的身世，用她溫暖的愛與耐心打開珍妮佛心中的痂。經過狂亂的自暴自棄，如山洪爆發般的口不擇言，珍妮佛包覆在厚繭裡的的身心一點一點地找到了出口。

對我而言，在任何聲嘶力竭的情緒發洩之後，所有的力氣消耗殆盡，食物，在此刻除了有補充體力的功用外，在廚房裡緩慢仔細的熬煮一鍋湯，確實也是紓解心中惶恐不安的方法。以高湯為底、勾些麵粉作成的濃湯，香味濃郁，富有飽足感，尤其適合這樣陰鬱的心情。

「只要張開雙眼和心扉，每天都有美好的禮物在等著你。」攝於台北淡水中學。

臘腸玉米濃湯是在感恩節的大菜，主要材料除了臘腸和玉米之外，還有野稻（wild rice或稱為野米，一種黑色長米）。野稻是北美特產，生長於天氣寒冷的河湖地區，為印第安人的主食之一。以雞湯為底，將野稻熬煮至爆裂開來，稻香溢出與雞湯的清甜融合，然後徐徐加入牛奶，我在爐邊攪拌這一鍋香味濃郁的湯，一面慢慢融化紛亂的思緒，心裡的陰鬱也漸漸隨著熱氣蒸散。

「有時生命中美好的事物會被奪走，只要張開雙眼和心扉，每天都有美好的禮物在等著你。」這樣的禮物因人而異，但是只要用心感受，視野轉換成另一個角度，你會發現生活裡滿滿的感動和愛都不值得憂鬱以待。

我的臘腸玉米濃湯也許只對我有效，希望我的朋友能夠找到適合自己的湯，解決他的困境。

臘腸玉米濃湯

【材料】

Ａ. 罐頭雞肉高湯12杯（或更多）。

Ｂ. 野米1又1/4杯，洗淨。

Ｃ. 玉米6杯。

Ｄ. 已烹調過的煙燻熟香腸2-3根切塊。

Ｅ. 紅蘿蔔3根，切塊。

Ｆ. 洋蔥兩顆，切碎。

Ｇ. 牛奶1-2杯，視情況斟酌。

Ｈ. 新鮮青蔥或香菜切碎。

【作法】

1. 將約5杯的雞湯中火煮至小滾，加入野米，用小火續煮至湯汁收乾，米變軟熟，約40分鐘。

2. 另外在大鍋中加植物油，燒熱後加進臘腸翻炒，再加E、F炒熟，接著倒進剩下的高湯，煮至滾，關小火續煮15分鐘。

3. 加入玉米粒及煮熟的野米，續煮至野米爆裂開來，香味溢出，再加牛奶。

4. 鹽和胡椒酌量。

5. 盛入湯碗中灑上青蔥或香菜末。

雨過天青
鴿子 vs. 紅酒蛋糕

將一只柳丁洗淨,薄薄地削下果皮的橙色部分,仔細的切成碎屑,與蛋汁、香草精、奶油和白糖混合。此時,窗外是一片晴好天氣,光潔明亮,我也正準備烘烤一個香香的蛋糕。

當我一面哼著小調,一面預熱烤箱的時候,才赫然發現手邊沒有最後一道堪稱最精華的材料:波本威士忌(**Bourbon**)。望著已經調好拌好的麵糊,我開始沮喪起來,匆忙換下家居服,跨上腳踏車飛奔至鄰近的超級市場,左找右找,偏偏就沒有我要的那一種。這時,透藍的天竟然橫空一聲雷響,接著豆大的雨點直直落在頭上……等我兩手空空終於回到家,在大門口的穿衣鏡前瞧見自己一身狼狽,不禁笑了起來,就為了一瓶波本酒呀,把我的心情都打壞了!

梳洗完畢,想想蛋糕先擱著別烤了,隨意從書架上抽了一本書,就著窗外淅瀝花啦的大雨,半臥在沙發裡便讀了開來。這是德國作家徐四金的《鴿子》。其實這個故事可說是與鴿子無涉,但卻是因為一隻鴿子而發軔。

主角約拿丹年紀五十開外,過著獨居的生活,生活裡唯一的安定就是他那份銀行

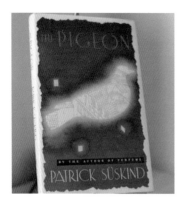

《鴿子》*The Pigeon* 徐四金(Patrick Süskind)／著(KNOPF);彭意如／譯(小知堂)

攝於荷蘭阿姆斯特丹。

守衛的工作，以及那間在巴黎街巷裡出租公寓的小房間。然而，平日慣常的順遂卻因為一天早晨醒來，被一隻誤闖進公寓的鴿子、還有牠毫無忌憚地拉了整個走廊的大便給破壞了。他受到某種程度的驚嚇，以至於對他既有的生活型態產生了危機感。

約拿丹是一個從未想過「冒險」這類事的人，他也不相信別人，從書中少少的背景描述看來，他似乎沒有太多親人，父親母親和妹妹接連的在他的生命裡莫名其妙的消失，而他的太太也在結婚後不久跟著別人跑了。他歸納出一個理論，就是與任何人保持距離，只有自己才是可靠的，還有這間和他相依為命的公寓。約拿丹的生活嚴謹而規律，每天的時間安排也井井有條，絲毫未有差錯，那隻意外闖入的鴿子攪亂了他的作息，更因為牠占據了公寓的走廊，使得約拿丹長久以來對於足以依賴的棲身之處的想像也終於瓦解。這一整天，他諸事不順，一會兒這出了錯，一會兒那又搞砸了。作者則是把他在一日的心理變化以及與外在環境的互動做了深刻的描寫。

想想自己不也是如此嗎？執著於食譜裡要求的波本酒，沒有它就做不成蛋糕了，就像約拿丹不能忍受生活裡的改變，為了一隻鴿子意外闖入而慌亂失序、不知所措。

受到這本書的啟發，我站起身來，決定做完原定計畫中的蛋糕。約拿丹倒是給了我一個靈感，他因為害怕鴿子而不敢回家，只好花錢住旅館，一整天的沮喪讓他覺得一死了之算了，而死前最後一餐則是「……沙丁魚罐頭、一小塊乳酪、一顆梨子、一瓶紅葡萄酒……」，啊！我怎麼沒想到呢？於是找出一瓶平日做菜的紅葡萄酒代替波本，調入麵糊裡。雖然以玉米為原料蒸餾製成的高酒精濃度波本和用葡萄發酵製成的紅酒口感與香味截然不同，不知道會烤出什麼樣的口味，然而，就是「未知」才值得嘗試吧，為生活裡添加一些意外的驚喜。接著拌入胡桃仁碎片，將麵糊倒入蛋糕烤盤，放入預熱好的烤箱。不多久，整個廚房已瀰漫著輕輕甜甜的柳橙味道和淡淡的酒香。

午後雷陣雨來得急去得也迅速，空氣裡慌張的水分一下子逃得徹底，只留大地一片晚潮。溫柔的陽光在黃昏時露了臉，溜進廚房，摩娑著我的臉頰，似乎，連陽光也讚賞我作了這麼個食譜以外的小小變化。切下一小片仍然熱烘烘的蛋糕，配上一大杯的拿鐵，就著太陽落山之前的餘溫，享受一點點心，一點生活中的創意。

故事末了，約拿丹回到那公寓的小房間，鴿子已然離去，走廊上恢復以往的整潔，糞便都清掃乾淨了，正如同約拿丹經歷了這一場意外而獲得新生的領悟，重拾面對生活的勇氣。

紅酒蛋糕

【材料】

A. 麵粉2杯＋鹽1茶匙。

B. 無鹽奶油2條＋香草精1茶匙＋柳橙皮碎屑1/4杯＋砂糖1杯。

C. 蛋5顆。

D. 1/4杯紅酒＋1/4杯牛奶。

E. 碎果仁1/2杯。

【作法】

1. 預熱烤箱350˚F/180˚C。

2. 將B材料混合拌勻，一顆一顆蛋依序加入攪拌。

3. 將D拌入，再加入一半的A，拌勻後再將剩下的A加入。

4. 最後拌入果仁。

5. 入烤箱約60分鐘。

奢華的邂逅
了不起的蓋茨比 vs. 香檳雞尾酒

前陣子因為工作出差到芝加哥，參加一個國際型的會議，行程的最後一天晚上，主辦單位包下整座科技工業博物館（Science & Industry Museum），在裡面設席招待。每一個樓層均有長型餐桌，擺放不同的食物，每個轉角處設有吧檯，供應各式調酒和果汁。博物館裡各個展覽室也都開放參觀，不時可見現場即興的歌舞表演，耍寶的小丑，玩蛇的女郎和爵士樂隊演奏。地下一樓的開放空間則是五光十色，音響播放快節奏的旋律，已經有人下舞池扭腰擺臀得不亦樂乎。

整座博物館設計成大型的世界博覽會，與會的每個人都很開心，儘管這個博物館我之前已來過多次，但如此的雍容奢華型態還真是大開眼界。這個會議的行程從頭開始便是不停的和人交談，往來參加不同的酒會和筵席場合，交換名片認識來自各國的新朋友。到了這最後一天，我已經非常疲倦了，只想閉上嘴，享受寧靜的片刻，或是東晃西逛隨意停下來觀賞表演。

看完星空電影院、太空梭展覽館，我拿了一杯香檳，倚靠著二樓的欄杆，看著樓下中庭歡樂穿梭的人們。而這一幕畫面彷彿似曾相識：我化身為《了不

《了不起的蓋茨比》*The Great Gatsby* 費茲傑羅（Francis Scott Fitzgerald）／著
巫寧坤／譯（一方）。亦有譯名為《大亨小傳》。

只要拿起一杯香檳，就像是前往浮華世界的通行證，然後所有的希求都會實現。攝於台北。

起的蓋茨比》裡的尼克，躋身在鄰居蓋茨比的豪宅盛宴中，想要置身事外的觀察，卻又身陷其中。

「這情景讓我想到《了不起的蓋茨比》（*The Great Gatsby*）呀！」身後傳來一個男人的聲音，我嚇了一跳，原來不只我一個人有這種感覺。

眼前是一個梳著西裝頭，穿著便裝的小眼睛男人，似乎有點醉了，望向人群的眼神輕泛著迷濛的情調。乍看，覺得他有種海明威的味道，除了嘴上沒有鬍子。相談之後，才知道不中亦不遠矣，他來自與海明威頗有地緣關係的陽光佛羅里達，而海明威和《了不起的蓋茨比》的作者費茲傑羅交情匪淺，他曾經這麼評價《了不起的蓋茨比》：「如果費茲傑羅可以寫出這樣好的作品，那麼或許他能寫的更好。」

《了不起的蓋茨比》描寫一位藍領階級的浪漫主義者蓋茨比，為了再見已經嫁作他人婦的初戀情人一面，機緣加上不擇手段而發跡致富，終於一償宿願，想要進一步再續前緣，不想情人卻早已習慣奢華無度的物質生活，不願意放棄養尊處優的環境，最後出賣了蓋茨比，讓他無辜地葬送掉性命。這部書剛問世時並不暢銷，後來卻成為「美國夢」的追求與幻滅的代表作品。雖是講一則愛情傳奇的故事，其中描述的美國二〇年代的浮華社交生活，亦堪稱是一部對當時上流社會的詳實紀錄。

蓋茨比為了要彰顯他的財富和社會地位，在自己的豪宅裡夜夜笙歌，邀請來自各方的所謂上流社會人士，大家未必認識豪宅的主人，卻以被受邀請為榮；而蓋茨比也不認識這些人，他只是期望被上流社會認同，以便再見初戀情人時能夠洋洋得意，當年的窮小子也鹹魚翻身了。

然而，不論美國夢的破碎與否，藉著眾人對上流社會的想像，這種社交型態一直沒有消失過，隨著跨國商業行為以及媒體炒作報導，在台灣也流行所謂的名媛時尚派對，成為衣香鬢影、傳說緋聞和打通關節的集散地。

這一杯杯的香檳無限供應，透過晶透的酒杯，人人鑲金戴銀，衣著華麗，看不到人間疾苦，即使有，也請暫時忘記；至於出身高低，都可以包裝，看起來八面玲瓏最好；言語得體與否倒無所謂，主要是能夠吸引眾人注意。於是，大家都希望能夠參加這樣的場合，大家都期待有一個不一樣的人生在那裡等待著他，只要拿起一杯香檳，就像是前往浮華世界的通行證，然後所有的希求都會實現。只是，大家都刻意忘記，當輕微的氣泡很快的消失了，就不過是一杯金黃色的液體而已。想到這裡，似乎有點不切實際地傷感起來了。

「換一個角度來想，這種交際場合也許可以成就一些緣分，誰會想到我在這裡遇到一個來自台灣的女生，跟我談起了美國中學生必讀的《了不起的蓋茨比》？」而費茲傑羅自己不是也說，正是這種幻滅，才使得這個世界這麼鮮豔，能夠沾上一點兒魔幻般的燦爛光采，也是值得。

我們碰碰了酒杯，飲盡剩下的香檳。「妳明年還會參加這個會議嗎？」明年會議將會移師德國柏林舉辦。

我不置可否的笑了笑，靜靜地結束一個奢華的邂逅。

香檳雞尾酒

【材料】
Ａ．香檳60ml。
Ｂ．藥草系苦酒（Aromatic Bitters）數滴。
Ｃ．方糖一顆。

【作法】
在冰鎮的香檳酒杯中加入方糖、撒入少量藥草系苦酒，再倒入冰過的香檳。

香檳混合酒

【材料】
Ａ．砂糖40g。
Ｂ．橙酒30ml。
Ｃ．櫻桃香甜酒30ml（亦可以果汁代替，例如蔓越莓汁）。
Ｄ．蘇打水或薑汁汽水或七喜汽水400ml。
Ｅ．香檳2瓶

【作法】
1．在雞尾酒缸裡調製A~D。
2．飲用前再將冰過的香檳加入。

絕代風華
巴黎永不流逝的饗宴 vs. 青瓜三明治

「如果你夠幸運，在年輕時待過巴黎，未來不管你身在何處，巴黎將永遠跟著你，因為巴黎是一席流動的饗宴。」

以上這一段文字來自海明威晚年出版的自傳《流動的饗宴》，這本自傳記錄他在巴黎居住的一九二一年至一九二六年期間，當時他的寫作生涯才剛起步，名氣不大，除了埋首寫作，就是尋找靈感以及閱讀。書裡充滿了豐富的巴黎情調，並且精采敘述許多與其他藝文界人物的交流，或是逸聞軼事。蘇珊・羅德莉格韓特（Suzanne Rodriquez-Hunter）在高中時閱讀此書大為驚豔，並且對那一個堪稱「失落的一代」（The Lost Generation）充滿好奇，後來有機會在巴黎居住的一年裡，她按圖索驥拜訪海明威筆下的酒館、餐廳，燃起了更多的興趣，進而研究相關文獻及資料，閱讀上百本的傳記、手札、信件，勾勒出當時社交場合的概況，彼此的人際關係，完成了這本《巴黎永不流逝的饗宴》，遙向那個年代致敬。

「失落的一代」指的是在第一次大戰後的一九二〇年代，藝文界裡許多年輕的作家、藝術家，對戰爭的殘酷感到失望，厭倦上流階級的繁榮假象，為了追求更多元文化的刺激，紛紛自我放逐到歐洲的大城市如倫敦或巴黎裡。他們對於源自於

《巴黎永不流逝的饗宴》 *Found Meals of the Lost Generation: Recipes and Anecdotes from 1920s Paris* 蘇珊・羅德莉格韓特（Suzanne Rodriquez-Hunter）／著　盧娜／譯（探索）

攝於馬爾他騎士古堡。

維多利亞時代殘餘的價值觀充滿懷疑和反叛，又尚未建立起新的典型，於是縱情酒色、生活放蕩。這之中不乏我們熟知的名字：《了不起的蓋茨比》的作者費茲傑羅，以《老人與海》獲得諾貝爾文學獎的海明威，舞蹈家鄧肯，音樂家史特拉汶斯基，創作《一個美國人在巴黎》的美國作曲家蓋希文，畫家畢卡索和馬諦斯等等。然而，正是這失落的一代，在沙龍裡夸其談，追尋生命的意義和文化認同的同時，創造了二十世紀思想、文學和藝術的新浪潮。

這本書結合了藝文界的社交史和食譜，頗具巧思，以年份分段落，讓人物依序出場，鋪陳文人軼事的風花雪月，然後以食物提點，讓讀者用味覺重新體會那個失落的一代所呈現的生活面貌。作者在尋找這些食譜時費了不少功夫，為了符合那個年代的生活態樣，食譜的書寫方式、材料和作法都一一斟酌，甚至參考當時出版的食譜，以更加貼近這些藝文界人士的口味。所以在閱讀時，即使很多人物我都不大識得，卻也跟著作家們上上酒吧，到中央市場喝洋蔥湯，或是參加史坦恩兄妹的沙龍，飲用來自中國武夷山的煙燻小種紅茶（在當時可算是充滿異國風味的飲品），配上點心，分享彼此之間的大八卦。

這些文人或是藝術家的作品多半反映他們的生活，例如費茲傑羅在他的第四部作品《夜未央》裡就以當時交往的友人墨菲夫婦為藍本，並且毫不避諱的在書中表現他對墨菲太太的迷戀；而海明威的《伊甸園》也是以墨菲夫婦的度假別墅為背景。以墨菲夫婦為中心的社交圈，充滿了派對狂歡和美食，費茲傑羅在《夜未央》裡就曾經仔細描述了女主角（也就是墨菲太太）準備馬里蘭雞的神情，作者因此找到一九三〇年出版的食譜，提供了時下烹調這道菜的作法，並參照了墨菲夫婦的友人回憶錄，加上了墨菲太太喜愛的香煎蕃茄及香燜奶油玉米粒做配菜。

攝於紐約South Sea Port。

其中我很是欣賞一位女作家納塔莉‧巴妮的「星期五沙龍」，她的沙龍除了集結不少文學家思想家，還特別讓女作家在此發表新作品，並資助作品的出版。她堅持自己的生活就是一種藝術，其豐富精采的感情以及公開的女同性戀身分，也被寫入不少當代的小說，本世紀最有名的女同小說《寂寞之井》就有她的身影。這個位於巴黎左岸的沙龍裡人來人往，歷久不衰，即使經歷了二次世界大戰都未曾間斷，長達六十年。每次的聚會總要張羅餐點，而其中曾經招待過王爾德的青瓜三明治頗獲好評，當然香檳和茶都是不會少的。

說起來這本書頗具跨界閱讀的快感，沒有純歷史論述的厚重，也沒有純食譜容易流於單調的書寫方式，寓藝文八卦於美酒佳餚實在非常的新鮮有趣，引領我一窺那個我所不熟悉的風華年代。

青瓜三明治

【材料】

A．大黃瓜（English Cucumber）1根去皮切薄片，用鹽略醃使它出水，瀝乾後用紙巾擦淨備用。

B．橄欖油1小匙＋檸檬汁1小匙＋糖1/2小匙。

C．無鹽奶油半條，融化後與第戎芥茉醬1小匙拌勻。

D．白吐司或全麥吐司一條，去邊切薄片。如果用其他種麵包，則不用去邊。

【作法】

1．將A和B拌勻，視口味灑一些白胡椒粉。

2．麵包略烤，每一片都塗上C醬。

3．兩片吐司夾著幾片黃瓜，然後對切成三角形。

4．排盤配上茶或咖啡即可享用。

漂亮的糖衣
廣告副作用 VS. 日光蕃茄

要如何替sun-dried tomatoes起一個好聽的譯名，著實傷了一會兒腦筋，它直譯過來便是「蕃茄乾」，聽起來口感、味道一點都不引人入勝，你一定不會把它和諸多美食聯想在一起。

追本溯源起來，果然跟喜歡蕃茄料理的義大利脫不了關係。在罐頭工業還不怎麼興盛的時候，要保存盛產的蕃茄，就是在一年之中陽光最炙烈的那幾個月，把新鮮蕃茄切半去籽，舖在瓦片屋頂上，曬個八到十天，晒乾後直接密封貯藏起來，或是浸泡在橄欖油內。食用時切成條狀與其他食材一起調理，如果是乾燥的則要先泡水，待軟化後再做處理。

所以想像這樣一個畫面：藍得要滴出水來的天空，亮得刺眼的陽光，低頭一看，家家戶戶的紅瓦屋頂皆是臃腫豐滿的蕃茄小姐，或趴或躺的曬著太陽。幾天之後皆瘦身有成⋯⋯

那麼，就稱呼它「日光蕃茄」吧！就像給sun-dried tomatoes起一個打動人心的名字一樣，廣告的作用也是替商品穿上炫麗的外衣，引誘人們的購買慾望。廣告

《廣告副作用》李欣頻／著（晶冠）

攝於美國芝加哥。

廣告，説穿了終究是要你掏出腰包，貢獻銀子的，多少人為了短短一句不關痛癢的山盟海誓散盡錢財，重點是如何能讓你心甘情願，而且願意重蹈覆轍？這是一個消費的年代，推動消費的最大功臣就是廣告。將廣告文案發揮得令人激賞的，莫過於這十多年來誠品書店所營造的傳奇。

伴隨著誠品書店離經叛道的經營模式，李欣頻的廣告文案將一個原本應該只是平面的文字宣傳創造了不平凡的視野與深度，它也許並不直接與販賣的商品有關，旁敲側擊式的吞吞吐吐反而吸引消費者的目光，在閱讀人口愈來愈少的情況下，這樣的廣告因此成為新世代的閱讀方式，只要有人駐足觀賞，這個市場就算打開了一半。不可諱言，參與這項消費運動的，大部分是自稱中產階級的族群，通過閱讀廣告文案裡透露出來的玄機，蜿蜒生出一種惺惺相惜的文化情感，進而藉著消費行為豐富了自己的文化內涵以及對於優雅生活的想像。《廣告副作用》一書便是集結作者十四年間寫就的廣告文案，一頁頁閱讀彷彿再次經歷關於誠品漸進累積式的足跡，終於成為城市裡的獨特風景。

這本書裡盡是合理化敗物、散物、戀物的行徑，多采多姿的語彙，足以使你眼花撩亂，實在不能在同一時間享用太複雜的食物；既然廣告是華麗的，引人注目的，你只能讓味覺素雅著，然而又不能太簡陋，否則，怎麼符合中產階級文化消費者的身分呢？

所以日光蕃茄油酥麵包頗適合這樣的情境。準備一條法國麵包，橫切兩半，塗上薄薄的奶油，或是抹上蒜泥，切面朝上入烤箱約十分鐘，或至表面成焦黃即可。接下來是新鮮蕃茄，蕃茄的選擇最好是體態圓圓的聯珠蕃茄，其他品種亦可，要挑大小差不多的，縱切一半，拌入切碎的九層塔、日光蕃茄及橄欖油，鹽和胡椒粉少許，略醃一下入味，然後淋在剛剛烤的酥脆的麵包上。側耳傾聽，彷彿還可

這是一個消費的年代，推動消費的最大功臣就是廣告。攝於美國芝加哥。

以聽到嘶嘶作響的聲音。平凡的法國麵包因為日光蕃茄醬汁的披掛，躍上餐桌成
為一道素簡卻齒頰留香的餐點。

加入日光蕃茄的料理可以展現很不一樣的風味，和新鮮蔬菜及油漬鮪魚混合即可
做成有著海味的生菜沙拉；揉入麵團，替麵包或貝果增加鮮味；可以加入醬汁，
拌著義大利麵吃；切碎與奶油乳酪拌勻，也可以做成麵包抹醬；混合橄欖油和芥
末，做成沙拉醬……最重要的是日光蕃茄本身吸取整整一季夏天的陽光，所呈現
出來的絳紅色澤，彷彿就讓你感覺到飽滿的溫暖味道。

於是，一則華美的廣告文案，猶如豐滿的日光蕃茄，讓誠品書店的書不僅僅是
書，書店自身也創造了它存在的無限魅力；原本僅是果腹的餐點，因為有了義式
陽光的點綴，使得用餐也成為生活中曼妙美好的時刻。

日光蕃茄油酥麵包

【材料】

A. 小蕃茄10~15顆切半（或大顆的切四半）。

B. 油漬日光蕃茄4片，切成長條狀。

C. 橄欖油2大匙。

D. 九層塔葉約10片，切碎屑。

E. 蒜末1/2茶匙。

F. 法國麵包一條橫切，太長的話再截一半。

【作法】

1. 預熱烤箱350˚F/180˚C。

2. 將A~D在大碗中混合拌勻後用保鮮膜包起來，放入冰箱約8-10分鐘。

3. 在法國麵包切面塗上薄薄的奶油，或是抹上蒜泥，入烤箱約10分鐘。

4. 將「2.」淋在烤好的麵包上即可上桌享用。

陰天裡讀詩
陳斐雯 vs. 乳酪核桃蛋糕

初識陳斐雯是高中時候，校刊社請她來學校上文藝營新詩組的課。她有一個很親切的笑容，在台上自我解嘲的說：「也不知怎麼搞的，我就變成環保詩人了。」

記得那天發的講義裡，有兩首她的詩，〈養鳥須知〉和〈地球花園〉，我一直很喜歡後者，它雖是詩的型態，這四小段徐徐道來猶有起承轉合的韻味。
如果說當做一則鼓吹環保的政令宣傳，或許可以這樣幽默的解讀：

「為了讓妳相信
我們真的可以擁有
一座地球花園
請原諒
我不許你摘花」

先說明不許你任意攀折花木的原因。

「難道妳不能想像自己是一朵花
是一朵花而能夠
夜夜在月光的哄抱中
睡去，小夢柔淺
這不是很好嗎

《貓蚤札》陳斐雯／著（自立晚報）

春天清淺的氣息拂面，精靈和小動物漸漸從冬天裡甦醒。攝於美國加州Mendocino。

　　「妳在露水的長吻裡醒來
　　迎風梳妝的時候
　　仍呵欠連連
　　我偶而路過，彎腰問候
　　難道不能
　　為了這樣美麗的問候而
　　不許妳摘花」

諄諄善誘，將心比心，提供一個可行的替代方案，企圖引起你的共襄盛舉。

　　「如果我們流浪在世界各處
　　但事實上卻只是
　　在一座花園裡雲遊
　　那不是很好
　　我們路過每一朵花的家
　　彎腰向它們請安的時候
　　自己也含笑成一朵花」

進一步勾勒出對一個美麗新世界的想像，世界花園耶……

　　「為了加速實現
　　我們的地球花園
　　我已經摔破了九十九隻花瓶
　　並與整條街的花販反目成仇
　　而妳竟滿懷著花走了
　　頹坐在妳芬芳瀰溢的背影裡
　　我含淚地說了再說
　　不許摘花…」

唉，我們如此努力的勸導，結果還是破功。

每回讀到「芬芳瀰溢的背影裡」，我都彷彿看到一則丰姿綽約的身型翩然而去，隨著波浪似的花團錦簇連根拔起，驚醒回神，有一種「啊…那終究不是我的」感慨。

攝於美國密西根大學校園。

再見陳斐雯是很多年之後，朋友送我已經不大容易買到、甚至沒有國際書碼的《貓蚤札》。捧在手心裡薄薄的一本集子，承載著美麗的語言和柔軟的心情，還有詩人自己的墨色塗鴉，在翻頁的地方盤據。

她寫快樂時是輕鬆的，彷彿看見一隻貓兒輕巧地從一棟屋角躍過另一家人戶的屋頂，無限想像力不安分的穿梭在簡短的字句中；而詩人描述悲傷的時候，那份憂鬱婉約的情緒卻不著痕跡，行吟在詩句裡，清淺但是深刻的直指人心，叫人讀著潛藏心底薄薄的哀愁。

我喜歡沉浸在她童話似的天馬行空裡，一如製作乳酪核桃蛋糕，奶油乳酪和糖的簡單搭配，經過攪拌產生濃郁的奶香，甜滋滋的味道彷彿穿過時間的彼岸，你將會看到那個只有十歲的自己，坐在河岸邊的草地上開心的追逐著蝴蝶，或是在草地上打滾……春天清淺的氣息拂面，精靈和小動物漸漸從冬天裡甦醒。

預熱烤箱的同時，把切碎的核桃先放入烤箱約五分鐘，烘烤過的核桃油散發出一種森林獨有的味道，眼前有松鼠奔上奔下四處尋找過冬前埋藏的核桃的滑稽模樣。然後拌入調好的麵糊裡，倒入蛋糕烤盤，接著送進烤箱… 嘿嘿，眼前忽爾跳出〈迷路〉裡的段落：

「糖果砌成的小屋又出現
住在裡面的老巫婆更胖了
依舊愛燒開水
要吃迷路的小孩」

原來我是愛烤蛋糕的巫婆，最喜歡笑起來甜滋滋的小孩喔！嘿嘿嘿……

乳酪核桃蛋糕的下午，我抱膝坐在廚房的小板凳上，就著微微的天光讀陳斐雯的《貓蚤札》。

後陽台出現一隻流著口水的烏龜，向我索一片蛋糕。

我敲敲他的呆頭，嚴厲的教訓一番，說你都吃起全素齋戒了喔，還嘴饞個什麼勁兒，牠慚愧的轉過身張開甲殼便飛了起來。

據說是到恆春避雨去了。

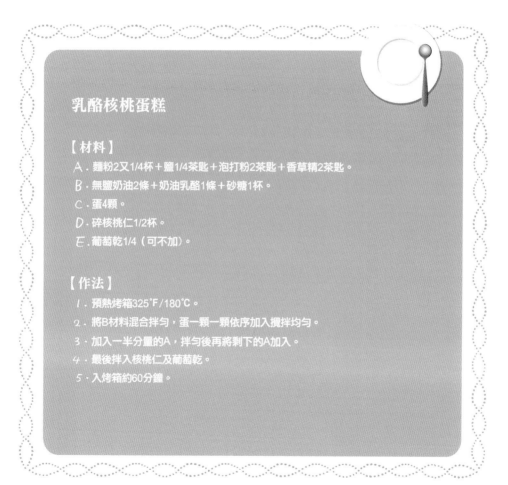

乳酪核桃蛋糕

【材料】

A . 麵粉2又1/4杯＋鹽1/4茶匙＋泡打粉2茶匙＋香草精2茶匙。

B . 無鹽奶油2條＋奶油乳酪1條＋砂糖1杯。

C . 蛋4顆。

D . 碎核桃仁1/2杯。

E . 葡萄乾1/4（可不加）。

【作法】

1 . 預熱烤箱325°F／180°C。

2 . 將B材料混合拌勻，蛋一顆一顆依序加入攪拌均勻。

3 . 加入一半分量的A，拌勻後再將剩下的A加入。

4 . 最後拌入核桃仁及葡萄乾。

5 . 入烤箱約60分鐘。

家嚐。

吃遍了所有孩提夢裡垂涎不得的美食，但總不免要在飲食起落間，反覆踏尋那股無以言說的家鄉味。⋯世上最盛美的菜餚，不在他方。那是一種純然的眷戀，在光陰中，悄然回溯生命感動的滋味。

——賴鈺婷《彼岸花・鹹味時光》

常常在閱讀別人的家族故事裡找尋自己家人的背影，
有些形容至為貼切，宛如量身裁剪；
然後我會闔上書，開始一一細數我的家人過往，
原來，我們都有一套自己的故事，
只是等待被述說，被傳誦。

食譜分量：4-6人分

失傳
家庭絮語 vs. 十香菜

開始進廚房做羹湯之後，才發現我很少從媽媽那裡學到一招半式，至於奶奶和姥姥的家鄉菜，我就只是嚐過，做不出來，多半寄託在過年的年菜記憶裡，只能回味了。

我的奶奶是雲南人，會在過年時做豆燜飯。豆燜飯是一種菜飯合一的雲南菜，煮飯時將蠶豆和火腿放在鍋底，加上高湯，把摻了一點糯米的白米鋪在上面一起蒸熟，然後將火腿和蠶豆與飯拌一拌就可以享用。奶奶的家常作法沒有使用火腿和高湯，白米和蠶豆蒸熟後，盛出來時拌上牛乾巴，一碗飯也是香的不得了。據說，在雲南地方，春節期間剛好都是蠶豆上市，有做豆燜飯迎接新年新氣象的習俗。奶奶在做豆燜飯的時候是不是也是懷著思鄉的情緒，不得而知；當我問及爸爸關於豆燜飯的滋味，他早已思念得不能自己。

天氣好時，把紅白蘿蔔鋪在屋頂上經烈日晒乾後，再用花椒和鹽醃成漬物；或是切成絲略微醃過作成泡菜，淋上香油灑上香菜，可以解解一桌山珍海味的油膩，這是奶奶拿手的醬菜和醃漬物，做好貯存在玻璃罐裡，當新年伴手禮最合適。

我的姥姥是湖北鄖縣人，老家曾經是地主，因為體恤耕田的黃牛，所以自己不吃

《家庭絮語》 Lessico famigliare
娜塔麗亞‧金茲伯格（Natalia Ginzburg）／著 黃文捷／譯（麥田）

攝於中國蘇州拙政園。

牛肉，但是她滷的牛腱子卻十分入味，除夕前做好一鍋滷汁順道滷海帶、豆乾、雞肝、雞胗、雞心和素雞……，過年期間不開火就將滷味當冷盤吃。

除了常見的紅燒魚、蝦和豬蹄膀，姥姥的年菜裡有一道是珍珠丸，道地的湖北菜。將配好料的豬絞肉捏成一小球，在鋪滿糯米的盤子上滾一滾，沾滿糯米後放入蒸籠蒸熟，一籠的珍珠丸上桌，是小孩子的最愛，一口一個，殊不知一個丸子裡含著多少姥姥的鄉愁。後來這一道菜的配方和作法只有表姊學會了。姥姥年紀大牙齒不好的時候，常做紅燒海參，海參口感軟嫩，又有高蛋白和高鈣的營養，以及低脂肪和低糖的特性，頗適合老人家食用。

記憶中媽媽倒是很少在過年張羅食物的，不過我有一陣子吃素，媽媽特地在那一年的過年做了簡單可口的十香菜，後來頗受好評，成為媽媽的招牌年菜，也是我少數從她那裡學來的菜色。十香菜是用八種到十種素料燴炒而成，象徵十全十美，是江浙人過年時必備的素菜，材料不拘，大抵是不易出水的諸如香菇、芹菜、木耳、紅蘿蔔絲、筍絲等等，視當時可得的食材和個人習慣口味而定。一次多做些可裝進玻璃罐或保鮮盒裡冷藏，不必加熱冷食即可，配稀飯或夾饅頭，很是方便。

如此懷念起奶奶和姥姥在廚房忙進忙出的身影，不禁想起義大利作家娜塔麗亞·金茲伯格在晚年寫下的《家庭絮語》。她以自傳性質的筆觸書寫家人、親戚以及與他們過從甚密的朋友們，使用家常對話，徐徐道來瑣碎的人事關係，可見其深情款款。譬如提到脾氣暴躁的父親，耳邊總會響起他大聲怒罵的聲音；心地善良的母親，凡事皆有自得其樂的方法。書中並非採編年方式記錄，也刻意淡化了親人死去的悲傷，但無礙於讀者從中理解這一家人彼此的相處，也可以一探當時的時代背景和社會現象，尤其是娜塔麗亞一家反對法西斯政權所遭受的迫害。

我媽媽的廚藝自成一格，不全照著食譜，隨心所欲總是變出一大桌美味的佳餚。

不同於娜塔麗亞一家經過時代的漂洗之後，仍然可見強韌的生命力，隨著爺爺、奶奶和姥姥相繼過世，我們老家的廚房卻永遠的熄火了，奶奶製作臘味和辣豆腐乳的祕方至今無人知曉；而屬於姥姥的味道也從廚房裡緩緩淡去，今年過年，大家都忘記還有珍珠丸這一道菜。當逐漸習慣讓五星級餐廳大廚代勞，將豐盛的菜餚宅配到家，省去親自烹調的功夫，我們也只好將就著一桌沒有太多感情記憶的年菜。

上一個世代的鄉愁或許也隨著家鄉菜做法的失傳，一去不復返了。閑下來的廚房變得幽暗，了無生氣，堆疊著碗盤而已。

十香菜

【材料】

A. 香菇6朵泡軟後，去蒂切絲。

B. 芹菜一把、紅蘿蔔一根切絲。

C. 冬筍絲。

D. 木耳一大片泡軟後切絲。

E. 黃豆芽一大碗，先入鍋乾炒逼出水分，盛起在一旁備用。

F. 麻油或香油一大匙，醬油、鹽及糖少許。

G. 香菜一把洗淨，晾乾，切碎。

【作法】

1. 鍋中加油熱鍋後，先下香菇炒香，約一分鐘。

2. 再下芹菜、紅蘿蔔絲、筍絲及木耳炒至軟。

3. 加一些醬油及少許鹽、糖。

4. 加一點水，最後放入黃豆芽翻炒。

5. 起鍋後灑一點麻油，拌入香菜。

6. 亦可冷食，夾饅頭或配乾麵皆可。

愛恨取捨
妻子、情人和他的小孩 vs. 黑啤酒燉牛肉

婚姻以及在婚姻中的兩性關係與相處之道,總有許多專家之輩提供講座及教戰守則,終究還是隔靴搔癢,箇中千百滋味畢竟是如人飲水,冷暖自知。

《妻子、情人和他的小孩》這一本小說的故事內容其實滿八點檔的,這是關於一椿婚姻的出軌事件,擁有自己喜愛的工作、年近半百的女主角,赫然發現恩愛甚篤的丈夫有了外遇,並且有了一個小孩,逃不過「丈夫外遇,妻子總是最後一個知道」的魔咒。作者以第一人稱的方式,將親身經歷、遭背叛的種種情緒反應,譬如得知外遇真相時的憤怒、戳破丈夫謊言時的怨恨、對第三者及新生兒的忌妒與自我指責,鮮血淋漓的表現在文字中。

面對不斷編織泡沫般的謊言、又不斷被揭穿的丈夫,相信每一位讀者莫不與女主角同仇敵愾,憤憤不平的希望女主角與這一個不夠坦然的丈夫離婚,或殺之剮之而後快。閱讀這本書的有趣地方就是在這些讀者的反應,彷彿就要鑽入書中場景,義憤填膺的搖著女主角的肩膀說:「妳醒醒吧!」

自稱旁觀者清的我們,在看待類似這些與私領域切身相關的事情時所提供的援助,

《妻子、情人和他的小孩》*Wer liebt, hat Recht* 安妮塔・蓮茲(Anita Lenz)／著 闕旭玲／譯(商周)

藉由女主角重新審視並定義自己的「愛」及愛的範疇，「女性的新道德觀」於焉形成。攝於紐約大都會博物館。

其實都是基於本身的道德標準及價值判斷，經常忽略當事者在這之中所做的思考，或是武斷的認為當事者顯然無法做理性的判斷，所以想越俎代庖。女主角最終的決定可能使書中對她建言的好友們大失所望，也讓讀者惋惜，然而冷靜下來想一想，真正經歷婚姻波濤的並不是我們，擁有不同的生命經驗所做出的考量也有相當差異；重要的是，不能忽略女主角在解決這件外遇事情當中做了多少的心路轉折和詳細的思考。雖然小說的主線是在探討外遇受害人（第一者）的傷痛與諸多心理的矛盾糾葛，但是藉由女主角重新審視並定義自己的「愛」及愛的範疇，從女性角度出發的新道德觀於焉形成，不再受制於傳統的價值觀與處理模式，女主角在愛恨之間衡量取捨，逐漸釐清一個符合現狀並可以維持尊嚴的解決方法。

闔上書的最後一頁，不覺莞爾，這不也像做菜嗎？個人口味不同，飲食習慣不同，油、鹽、醬、醋用量也各有所好。同一道菜，儘管菜名相同，材料可能有異；即使材料一模一樣，烹調過程中的火候和技術甚至於鍋鏟，都會影響成品，端看掌廚人的取捨了。

我的廚藝算不上系出名門，沒拜過師，也沒上過科班，擁有一整櫃的食譜，全靠自修，但不見得亦步亦趨按照食譜來。

這一鍋愛爾蘭黑啤酒燉牛肉，有沒有愛爾蘭風味我不確定，但是頗令我滿意，本來應該用牛腱肉的部分，因為超級市場沒貨了，就改用牛肋條（牛腩），所以油了些，上桌前要把油光撇一撇；Guinness啤酒倒是不能隨意更動的，但是為了平衡苦澀的味道，我自作主張地加了兩小粒冰糖；為了使鍋中看起來有料，我又切進兩根德國香腸。大火燒開，轉小火燜了約二十分鐘，再放進燜燒鍋燜個三小時，肉質剛好軟熟入味，不會太爛。這些都是食譜上沒有的步驟。

夜幕四合，朋友紛紛抵達。一盤黑啤酒燉牛肉配上新鮮的法國麵包，一杯順口的紅酒，成就一個溫暖洋溢的秋日夜晚。

愛爾蘭黑啤酒燉牛肉

【材料】

A. 一整條牛肋條（建議澳洲進口的） 切大塊，用熱水川燙，備用。

B. 洋蔥2顆，切碎。

C. 大蒜2粒，拍碎。

D. 麵粉1/4杯。

E. 牛肉高湯1-2杯（也可以肉骨或雞湯代替）。

F. 健力士（Guinness）黑啤酒1罐。

G. 紅蘿蔔3根，切塊。

H. 月桂葉兩片。

I. 百里香1/2匙或一根新鮮百里香切碎。

J. 已烹調過的德國熟香腸2-3根切塊。

K. 冰糖2粒，視口味而定。

L. 蜜棗1/4杯。

M. 新鮮香菜切碎。

【作法】

1. 熱油鍋，放入洋蔥炒香，再加入大蒜翻炒，約一分鐘。撈起另外放在盤中備用。

2. 同樣的鍋子再熱油，將牛肉塊翻炒至金黃，放入麵粉，使牛肉均勻沾上麵粉。

3. 加入牛肉高湯，煮至滾，湯汁變稠，再加啤酒。小火煮至滾，加入「1.」的洋蔥及G、H、I、J，和適量的胡椒粉。

4. 蓋上蓋子，轉大火續煮至滾後，放入燜燒鍋約四小時，或至肉軟爛。

5. 上桌前40分鐘將牛肉加熱，放入蜜棗，虛掩鍋蓋以小火煮20分鐘，視口味加冰糖，再煮20分鐘。

6. 撇去多餘的油。

7. 盛入大盤中灑上香菜末，配法國麵包。

我兒蔡順
二十四孝 vs. 桑葚鳳梨汁

住家附近有一家蔬果店，乾淨明亮，幾個女性店員都很親切，總是友善的與顧客攀談。其實剛開張的時候我滿擔心它會撐不久，貨源不足、店面成本太高、東西也不見得比對街的連鎖超市便宜等等。後來營運上了軌道之後，發現它有時會進一些平常在超市看不見的水果，所以下了班經過時，總是會進去轉一圈，張望看看有什麼新鮮的蔬果。

就是這樣，我發現了新鮮的桑葚！桑葚又稱為桑果、桑棗、桑椹子、文武果等，是蠶寶寶吃的桑樹的果實。桑樹有些品種具有大量結果實之特性，可以經濟栽培，供生食或製作果汁、果醬、蜜餞、釀酒等加工品。根據《中藥大辭典》記載，桑葚具有明目、聰耳、利五臟、治關節痛、止咳、化痰等藥效，如經常食用，對身體健康裨益甚大，是中醫認為很好的藥材。

我記憶中的桑葚倒不是上述這一串學理上的解釋，而是小時候讀的《二十四孝》。《二十四孝》相傳是元代的郭居敬所編，述說二十四個古代孝親的故事，故事中講述的孝子可多著，計有大舜、漢文帝、曾參、閔損、仲由、董永、郯子、江革、陸績、唐夫人、吳猛、王祥、郭巨、楊香、朱壽昌、庾黔婁、老萊

《二十四孝》元代郭居敬編著

《二十四孝》固然是落伍了，但作為行事做人的原則，「孝」毋寧是一個重要的基本，也是中國人倫五常裡長久以來的中心思想。攝於中國蘇州。

子、蔡順、黃香、姜詩、王裒、丁蘭、孟宗、黃庭堅，各人時代不同，身分由帝王將相，以至平民百姓都有，年齡則由九歲的黃香到七十歲的老萊子。其中我對於蔡順的〈拾葚供親〉的故事記憶深刻。

「漢。蔡順少孤。事母至孝。遭王莽亂。歲荒不給拾桑葚。以異器盛之。赤眉賊見而問之。順曰。黑者奉母。赤者自食。賊憫其孝。以白米二斗。牛蹄一隻與之。有詩為頌。」

就是說漢朝末年王莽作亂，各地因戰火民不聊生，年收也不好。一個叫做蔡順的小孩，從小就沒了父親，對母親非常孝順。有一天他到野外摘取野果回家給母親吃，遇上了赤眉兵，凶惡的赤眉兵把他攔下來，惡狠狠的問他摘了什麼好東西，蔡順回答：「桑葚。」赤眉兵又問他為什麼把他們裝成兩簍，蔡順回答：「黑的桑葚甜，給母親吃，紅的桑葚酸，我自己吃。」赤眉兵聽了大為感動，就送他白米和牛蹄等食物。

小學二年級的時候，媽媽第一次買了桑葚回來，我也想效法〈拾葚供親〉的孝行，便在褲腰帶上掛兩個塑膠袋，把黑的桑葚挑起來放一袋，顏色偏紅的放另一袋，一下午我就在家附近四處玩耍，一面挑揀著桑葚，遙想著自己也經歷那個飢荒的時代，最好還給我遇上什麼赤眉兵。回到家，趕快把那一袋黑桑葚奉上給媽媽，結果媽媽竟然大發雷霆，喝斥我趕快把衣服脫下，原來綁在腰間的塑膠袋滲出桑葚汁，染紅了我的白色制服上衣，我的孝行竟成了罪行。

後來當媽媽問清楚我為什麼要這麼做時，實在啼笑皆非，雖然媽媽沒說，我想她一定後悔給我看什麼《二十四孝》這種不符時代潮流的書籍。這次事件之後，家中倒是再也沒出現過新鮮的桑葚了，我則開始看《十萬個為什麼》。

桑葚的味道我早已經記不得，其實沒有想像中甜，倒也不會酸，打成果汁時我加了一些鳳梨塊，增加甜味，打好的果汁聞起來清香可口，濃郁的紫紅色飲料喝下去竟然非常清爽，適合逐漸躁熱起來的天氣。桑葚洗淨後瀝乾，可以分裝在乾淨塑膠

袋裡，放進冷凍庫保存，就不用擔心來不及吃完，冷凍過的桑葚打起果汁來還有冰沙的感覺。

不曉得現在的小孩還讀不讀《二十四孝》這一類的故事，不過以現在小孩的智力，大概也不會相信臥冰求鯉、哭竹生筍的故事了吧，就連魯迅先生也曾經幽默的這麼說：「……其中自然也有可以勉力仿效的，如『子路負米』，『黃香扇枕』之類。『陸績懷橘』也并不難，只要有闊人請我吃飯。『魯迅先生作賓客而懷橘乎？』我便跪答云，『吾母性之所愛，欲歸以遺母。』闊人大佩服，于是孝子就做穩了，也非常省事。『哭竹生筍』就可疑，怕我的精誠未必會這樣感動天地。但是哭不出筍來，還不過拋臉而已，一到『臥冰求鯉』，可就有性命之虞了。我鄉的天氣是溫和的，嚴冬中，水面也只結一層薄冰，即使孩子的重量怎樣小，躺上去，也一定嘩喇一聲，冰破落水，鯉魚還不及游過來。」

《二十四孝》固然是落伍了，有許多情節不符常情，沒有科學依據，讓說故事的人很難自圓其說；然而，作為一個行事做人的原則，「孝」毋寧是一個重要的基本，也是中國人倫五常裡長久以來的中心思想，若是因應時代而有比較切實際的解釋與應用，方不至於過度唱高調而有所偏廢吧！

桑葚鳳梨汁

【材料】
A . 桑葚15~20顆。
B . 鳳梨切成5塊。
C . 水一杯。

【作法】
A~C放入果汁機打勻即可。

桑葚牛奶汁

【材料】
A . 桑葚15~20顆。
B . 蘋果一個切塊。
C . 牛奶一杯。
D . 蜂蜜3大匙（可視甜度酌減）。

【作法】
A~D放入果汁機打勻即可。

原味的想像
壽岳章子 VS. 豆腐乳和牛乾巴

之前為了去日本旅行，做了一些功課，除了研究旅遊地圖規畫行程，也找了一些具風土民情的書籍來閱讀，因此壽岳章子的《千年繁華》和《喜樂京都》就成為行前的導覽。

《千年繁華》是以作者及家人的居住、服裝、飲食和精神生活四個大段落來描寫京都。因為是從身邊的親人寫起，進而延伸到日常生活裡與之互動的商家、店鋪和友人，讀起來很有親切感，所以副標題是「京都的街巷人生」，宛如自己也隨著壽岳章子的筆觸，一一尋訪這些巷弄，和書裡的人物對話。

《喜樂京都》則是從地域方面切入，擺脫著名景點的介紹，倒是細數京都與作者相關聯的種種回憶，帶領讀者深入京都過去的文化榮景以及現在所面臨的挑戰。

擁有千年古都的名號，實際上近年來現代化的硬體設備讓老一輩的京都人搖頭嘆息，書中也不時可見壽岳章子溫柔的呼籲世人能夠珍惜及保存這些文化資產，感嘆舊時優良的傳統手工藝有逐漸沒落的趨勢，但是從書中看來，其實還是可以發現某些技藝傳承始終是默默進行著。於是京都承載著平凡與不平凡的種種生活，逐年累積著歷史的厚度。

《千年繁華──京都的街巷人生》、《喜樂京都》 壽岳章子／著（馬可孛羅）

其中有一段描寫專門賣漬物的商家，手藝代代相傳，壽岳章子從來只買這一家的千層醃菜（又有譯為千枚漬），書中形容打開千層醃菜的桶蓋「視覺瞬間受到的震撼是筆墨無法形容的」，原來千層醃菜是白色蕪菁與昆布和鹽醃漬而成，端上桌還有紅色食材的點綴，於是一盤紅色、黑色、白色和綠色的醃菜，真是色彩繽紛。藉此作者提及超級市場的確便利了日常生活的需求，許多傳統的食物在超級市場也都看的到，一次買齊全，不用一家店一家店花時間去採買，像這些漬物也是被包裝成好好的放在那邊任人選購，但是「這不是便利性的問題，……生活這件事，尤其是在京都過生活，本來就會與許許多多的人相遇，和眾人產生某種關聯，…人與人之間有所交集，人情味濃厚的感覺才是我想要的。」我想，這似乎是任何有點年紀的老地方面對全球化及科技化的衝擊之下，急於想找回來的一種精神吧，讓生活上的互動回歸到人性，讓人與人之間的溝通存在著善良真誠。

殊不知小小的一盤醃菜，就產生了這麼多味覺之外的想像。這不禁讓我想起奶奶做的牛乾巴和豆腐乳。

我的奶奶原籍雲南昆明，後來遷居到四川與籍貫湖南長沙的爺爺相識結褵，所以在她掌廚的時日裡，辣椒是不可或缺的，或至少辣味是一定要有的。即使晚年因為心臟病，醫生告誡不可再吃過辣的食物，奶奶還是會偷偷做一缸辣豆腐乳，藏起來趁沒人監視的時候挖一小塊配飯吃。

據爺爺的說法，豆腐乳和牛乾巴是奶奶的命根子。每年過年她通常會炒一大盤牛乾巴，其實就是雲南回族人吃的一種牛肉乾，裝在玻璃罐裡可以存放一段時間，配白飯、拌麵都好，或當成零嘴。那味道香滋滋，碎牛肉被油煎炒焙的乾香四溢，奶奶總是捏起一小粒入口，在嘴裡含弄一會兒才嚥下。有一次被我發現奶奶在廚房炒牛乾巴，不待她阻止，我一大匙舀起來就送進嘴巴，她看了真是錐心痛。

奶奶做的豆腐乳是我至今嚐過最香最綿密入味的，而且辣得過癮。以往她總是會做一大缸，然後分裝成小玻璃罐送給家人。後來基於健康的關係，大伯和姑姑都

少吃醃漬食物，拿到豆腐乳就順手丟掉。我還聽説，奶奶過世後，處理遺物時發現家裡還窩藏了兩大缸的豆腐乳，沒有人要，也扔了。現在想起來，隱隱能夠感受當初奶奶看我不識貨的吃下一大口牛乾巴的心疼。

事實上，真正自釀豆腐乳的滋味我已經不能確定，唯一可以低迴不已的是那種累積時空遷徙而沉澱出的家鄉味道，再也沒有其他的豆腐乳能夠讓我品嚐起來有此莫大的滿足感，從一小塊豆腐乳刮下一點沾著白飯、麵條或塗在熱騰騰的饅頭上，真不知道那有多美味呀！

壽岳章子女士已於二○○五年過世，留下了《千年繁華》和《喜樂京都》，讓人品嚐繼承著時間流傳下來的精緻藝術，與互動空間裡友善的人事家常。

然而，奶奶的豆腐乳和牛乾巴的作法，卻沒有人知道。

關於「豆腐乳」、「牛乾巴」

豆腐乳是由豆腐發酵做成，分紅、白、黃三種。紅的又稱「醬腐乳」，吃時略帶醬的香味。白腐乳又稱「糟腐乳」，帶有酒味。黃腐乳是台灣最普遍的，又叫「台灣腐乳」。豆腐乳的做法是把豆腐壓出水分，切成小方塊，排列在竹籮筐裡，曬太陽三、四天後加入鹽、醬、紅麴，入乾淨的廣口瓶另醃數月，即成紅腐乳。如加酒釀醃則成白腐乳，加米麴、豆麴醃則成黃腐乳。不過我倒是沒有真正試過在家釀豆腐乳。

關於「牛乾巴」，這是在雲南回族的傳統食物，我還未曾在餐廳裡看過這一道菜，也從沒嘗試做做看。作法據説是將牛腱數條，用辣椒粉、酒、鹽、花椒醃約一星期，然後在陽光下晒乾即可。食用時，切成薄片，用油炸脆即可。

孤兒的下午
管家 VS. 蘭開夏火鍋燉肉

我曾經在孩提時候一度希望自己是孤兒。

記憶裡有一個下午，不知為了什麼事，我和妹妹被趕出家門，於是我抱著我的毛巾被，牽著我妹的手離開家，懷裡還揣著兩個饅頭，倒是一點也沒有害怕的感覺。

這起離家出走的前因後果已無法考，只是很清楚的記得我自以為是的當了一個下午的孤兒，四處遊盪，心裡充滿了孤獨感，而我妹成為一個孤苦流浪兒的標準配件，臉上掛著淚痕，眼神充滿驚懼不知所措，使離家出走增添了更多的傷感。我一路上講著故事，編派著我們苦情的身世……我們的爸媽不要我們了，所以只好不停的流浪喔，不過沒關係，姊姊會保護妳的。

晃到天色將暗，不知道應該到哪裡去，我又牽著妹妹折返，穿越鄰居的籬笆門到我家後院，坐在後院熟悉的石頭上，和我妹一口一口剝著饅頭吃。後來大概是爸爸下班，把我們兩個被蚊子叮慘的小孩領回家。

當我沉浸在《管家》裡面的緩慢氛圍，充滿朦朧多霧的天氣，白色的陽光，和火車遠遠的汽笛聲，彷彿又回到那個成為孤兒的下午，一切都是懶懶的，緩緩前進的，只有一個要成為孤兒去流浪的打算指引著我。

《管家》*Housekeeping* 瑪莉蓮・羅賓遜
（Marilynne Robinson）／著　林則良、李佳純／譯（麥田）

我又回到那個成為孤兒的下午，一切都是懶懶的，緩緩前進的，只有一個要成為孤兒去流浪的打算指引著我。攝於美國加州。

《管家》裡以少女主角茹絲為第一人稱敘述了同一個家族裡三代女人的經歷，守衛家園至死的外婆、開車衝進湖裡自殺的母親、四處流浪最後返家的阿姨。不同的女性有不同的鮮明性格，以及用不同的方式來教養茹絲和妹妹露西兒。作者使用一種緩慢的調子，如詩的語言，建構了一個沒有年代背景卻有四季變化的時空，描述著有一點悲傷的故事，卻因為敘述者的彷彿不懂世事的年紀而淡化如煙霧一般的模糊。

有人將此書歸類為療傷書系，「療傷系」是最近流行的名詞，大概是指那些能夠讓消費者或使用者從現實挫敗感中暫時脫離，得以舒緩憂鬱情緒、撫慰受傷心靈、或是做為情感依附的東西或商品吧。這本書的語調和節奏閱讀起來很是優雅舒服，是否對我潛在的挫敗感或是憂鬱有所舒緩的作用，就不得而知了。不過當我讀到流浪的希薇阿姨返家接下照顧這一對孤兒姐妹的工作，不善烹飪的她總是在黑乎乎的餐廳裡吃著簡單的晚餐時，我就覺得認真的煮一道菜並且好好享用的療癒效果，應該比看書還實際些。

在實驗過的食譜裡，蘭開夏火鍋燉肉算得上是具有療癒效果的佳餚。它其實跟我們吃的火鍋大不相同，主要是用一只大陶鍋小火慢燉一整天，材料通常不外乎是肉、洋蔥、馬鈴薯，食材簡單卻很費時。

據說這是發源於英國西北部蘭開夏地區，早年由於工廠林立，人人早出晚歸，男女都在工廠工作，所以沒有時間準備晚餐，而蘭開夏火鍋不需要太多的技術，早上出門前就把所有材料丟進鍋裡開始燉煮，收工回家後馬上就有得吃了。勞工們大快朵頤鍋裡的肉塊和以麵包沾肉汁來補充體力；不怎麼勞動的我則藉由漫長的烹調時間慢慢整理自己的紛亂情緒，最後收成一鍋搭配麵包的美味，當我嚼下一口因長時間燉煮而把所有的味道都封在裡面的牛肉時，再多的愁緒都會煙消雲散吧！

我一直沒問過妹妹，是不是還記得那一個下午，我們坐在後院的石頭上，髒兮兮的啃著饅頭，幻想著身為無家可歸、相依為命的一對苦情姐妹花？是不是還記得到底是什麼原因使我離家出走？而且她還傻兮兮的跟著我四處晃盪，只是成全我

想當一當孤兒的念頭？但我相信，當時的我真的要有什麼不愉快，妹妹的陪伴其實才是最後治癒我的力量。

那一年，我八歲，妹妹還沒上小學。

蘭開夏火鍋燉肉

【材料】

A. 一整條牛腱肉（建議澳洲進口的）切大塊，用熱水川燙，備用。（正宗食譜裡採用的是羊肉，不過不易買到。）

B. 麵粉1/4杯。

C. 芹菜2根，切碎。

D. 洋蔥2顆，切絲。

E. 紅蘿蔔3根，切小塊。

F. 雞肉高湯1又3/4杯（也可以肉骨高湯代替）。

G. 蘑菇2杯，切片。

H. 鹽和白胡椒1/2匙。

I. 梅林辣醬油1大匙。

J. 洋芋4顆，削皮後切成薄片。

K. 新鮮香菜切碎。

【作法】

1. 將牛肉和麵粉充分混合，使牛肉塊每一面均勻沾裹麵粉。

2. 鍋中3大匙油燒熱，將牛肉放入油煎直至金黃，將之撈起，置入大砂鍋中。

3. 將C、D、E放進同一只鍋裡炒至軟，撈起鋪在牛肉塊上。

4. 將剛剛沾牛肉剩下的麵粉倒入鍋中炒至焦黃，加入高湯煮沸，放入G、H、I，轉小火續煮10分鐘，將湯汁倒入砂鍋。

5. 洋芋片一片片交疊鋪滿砂鍋，包上鋁箔紙，放進已預熱180℃的烤箱，計時約1又1/2小時。

6. 除去鋁箔紙，繼續烤30分鐘直至洋芋片成焦黃。

7. 盛入大盤中灑上香菜末，配法國麵包。

異鄉的滋味
安妮的日記 vs. 貝果

很多曾經赴美留學的人，一定都忘不了那個圓圓硬硬的麵包Bagel（貝果），嚼起來有點像家鄉的大餅，很便宜也很頂餓，而且愈嚼愈香。在超級市場裡，它通常成半打裝，也有零賣，可以選擇不同口味，像是核桃、芝麻、榛果、葡萄乾或雜糧。因為它中間有一個洞，常有學生將它掛在樹枝上，校園裡的松鼠會把它吃個精光。

Bagel的起源眾說紛紜，有一說是起源於一六八三年的奧地利維也納，一位烘焙師為了表達對波蘭皇帝從土耳其的入侵中解救奧地利的敬意，特別用酵母發酵的麵糰，做成了最早的貝果圓圈餅，形狀猶如波蘭皇帝上馬時的馬蹬。另一說是Bagel來自猶太德語的beygel或是德語中的bugel，前者是圈圈的意思，後者則是一種圓麵包。更有一說是早在一六一〇年，猶太儀式裡將Bagel送給剛生產完的婦女，圓形象徵生生不息的循環，以及好運。後來因為二次世界大戰許多猶太人流亡到美國，把貝果帶到了新大陸，以紐約和芝加哥為中心的貝果烘焙店最為有名，如今在台灣也可以買到，但是種類不多，而且價格也不便宜。

《安妮的日記》 *The Diary of a Young Girl*
安妮・法蘭克（Anne Frank）／著　彭淮棟／譯（智庫）

二次大戰時期有些猶太人靠著朋友過著躲藏的日子，躲在閣樓裡，廢棄的地下道，衣櫃的夾層⋯⋯。攝於美國丹佛美術館。

和一般麵包不一樣的是，貝果的麵團發酵後要先入熱水裡燙一下才進烤箱，所以表面看起來平滑有光澤，外皮酥脆，內裡很有咬勁兒，它不甜適合各種塗醬。早上煮一壺濃濃的咖啡，配著新鮮的貝果，桌上攤著報紙，或是研究資料，論文草稿，造就一頓極簡卻隆重的早餐。

我最喜歡的是原味貝果橫切一半，稍為烘烤之後塗上一層厚厚的鮭魚奶油起士（lox），有一點鹹的lox雖然帶些魚腥味，但是剛好和起士的味道相調和，厚厚的一層塗在貝果上，感覺像是一大片燻鮭魚，很是奢華；或是sun-dried tomatoes口味（蕃茄經日晒脫水成乾，浸泡在橄欖油裡，揉麵團時加入）的貝果，裡面的蕃茄乾經過烘烤，散發出軟軟的酸甜味，以原味奶油起士厚實為底，咬下去真的是一把陽光呢。有一段時間我常常在禮拜四的下午，抱著筆記和書，到法學院對面轉角的Einstein Brother's Bagels點一份貝果和一杯咖啡，一面回想老師剛剛在課堂裡與同學的精采對話，雖然大部分時候我只是單純的享受一個細細咀嚼著貝果的下午而已。

貝果可以像三明治一樣夾進自己喜歡的配料，因為會有點厚，上桌前插兩根牙籤固定。它也可以代替披薩皮，橫切一半，塗上薄薄一層奶油，再塗上披薩醬（或義大利麵醬），最後灑上焗烤用起士，入烤箱下火約十分鐘，然後轉上火約三分鐘，簡易貝果披薩便出爐了。

如此看來，貝果簡直充滿幸福的滋味，但是將它發揚光大至具有國際聲譽的猶太民族，卻不是一直都享有如此幸福美味的日子。二次世界大戰造成了許多無辜的犧牲者，其中有計畫而遭到大規模屠殺的，莫過於歐洲各地的猶太人。首先將每個人貼上標籤，再一步一步迫使他們遷離舒適的家園，進而拆散家庭分別送進各地的集中營，在集中營裡也許勞動，也許等死。有些人則靠著朋友過著躲藏的日子，躲在閣樓裡，廢棄的地下道，衣櫃的夾層……。安妮·法蘭克，一個十三歲的猶太裔女孩，和家人逃離德國到荷蘭避難，不料納粹的勢力也深入阿姆斯特丹，一家人只好躲在父親公司的閣樓上。《安妮的日記》即是記錄一九四二到四四年間的密室生活。

雖然是日記型態，記錄的無非瑣事，安妮在種種瑣事之間反省和思考卻可以看見她的早熟，有著超過理應是無憂無慮的青春期少女所有的氣度，或許是每天戰戰兢兢的生活使得她敏感纖細，也許是戰亂使她洞知人世的無常。然而，和其他大部分猶太人的下場一樣，安妮一家最後被檢舉送到集中營，她在大戰結束之前就因傷寒去世。唯一存活下來的父親整理安妮的日記，於一九四七年出版。

貝果之於猶太移民，也許像是血濃於水的鄉愁，有著先民逃難遷徙的粗荒記憶；現今的留學生可算是天之驕子，苦難多半是沒有的，但是貝果堅硬的觸感，厚實的口感，卻是多年之後回顧異鄉歲月時所不能忘懷的滋味吧！

貝果購買指南

1. Cosco（好市多）的好吃又便宜，有藍莓及肉桂等口味，只是要辦會員卡才能入內購買，不大方便，而且一次要買上一打，除非家中人口眾多，不然也很難在保存期限內消化完畢。如果真的吃不完，可以儲藏在冷凍庫中，食用時先在室溫下退冰，然後烘烤，風味也不差。
2. N.Y. Bagels，典型的美式風味。
3. 據說義美製作的貝果主要是供應某大連鎖速食餐廳，有時它的直營店裡會有NG的貝果，口感不錯也很便宜，不過就是要碰運氣了。
4. 其他也有愈來愈多麵包店有製作貝果。

貝果三明治

【材料】

A. 原味貝果或加味貝果一個。

B. 原味奶油起士或加味奶油起士。

C. 火腿片、火雞肉片或黑胡椒燻牛肉片。

D. 小黃瓜切薄片或酸黃瓜片。

E. 起士片。

F. 生菜幾枚。

【作法】

1. 貝果可先橫切一半，進烤箱略烤。

2. 塗上奶油起士，如果不加其他材料，僅可以多塗一點。

3. C~F隨意添加。

生命的底蘊
沒能準時離站的列車 vs. 饅頭三明治

讀著捷克作家赫拉巴爾的作品，總是讓我想起饅頭的滋味。

記得小時候，姥姥總是把饅頭切成四五片後，放到電鍋裡蒸熱。熱騰騰的切片饅頭夾上肉鬆，或是塗上果醬、花生醬，便是幾個小孩尋常的早餐。近來早餐店裡賣的饅頭似乎愈做愈小，只消橫肚切上一刀，夾進蔥花蛋剛好就是一人的分量。曾經嫌白白的饅頭寒傖，沒有味道，總是要藉著厚厚的醬料或是很多的肉鬆才覺得有滋味。年紀漸長，始能領略饅頭在口中與唾液交融一起的那股麵香，簡單不華麗，一個饅頭就可以飽食一餐。

而赫拉巴爾筆下的人物，從來都不是王公貴族，也沒有豪宅美屋，身分地位卑微渺小，生活裡的善惡不是那麼絕對，斤斤計較的不過是日常瑣碎，要是細細品嚐起來，就像是口感扎實有咬勁的饅頭，初嚐只覺得乾噎無味，卻愈嚼愈香，簡樸中包藏深沉複雜的人生百態。

不像《過於喧囂的孤獨》裡，廢紙打包工漢嘉專注於他的孤獨，也不像《我曾經伺候過英國王》裡的小個頭服務生，積極向榮華富貴攀爬，冷眼看盡戰禍。《沒

《沒能準時離站的列車》 *Ostře sledované vlaky*
赫拉巴爾（Bohumil Hrabal）／著　徐哲／譯（大塊文化）

攝於美國加州沙加緬度。

能準時離站的列車》裡的主人翁米洛什，則是明明白白說起對德國人的憎惡，而且身體力行反抗之。

米洛什是一個年輕的火車站調度員，現實裡唯一令他心煩的就是和愛人在一起時不舉的難堪。因此他割腕尋短，雖然救回來了，腕上自殺的傷痕反映因為無法性交而產生的羞愧感傷。急於成為一個男人、急於獻出處男之身的米洛什，期待自己可以勃起並且勇敢；而同時被德軍占領的捷克，失去了民族的尊嚴，也失去了自由，只能靠著游擊隊，一點一點的炸毀德軍的火車來宣洩憤怒的情緒。

書中有一段形容漫長運輸中的乳牛推擠著站在火車車廂內，牛腿因為夾在地板的裂縫裡不能動彈，眼神悲涼；以及提到牲畜在大熱天裡被德國人綑綁，擠在狹小的運送牲口的車廂裡，奄奄一息，或是慢慢死去。藉由米洛什之口，赫拉巴爾重複幾次用了這句話：「我心裡不是滋味，看著受不了。」把對德軍占領捷克的不滿及憎恨情緒表露無遺。

結果，米洛什的成年禮並不是他的勃起，也不是他滿懷期待的初夜，卻是英勇的向德軍彈藥火車丟擲炸藥，爾後血染鐵軌的壯烈。對他來說，那一列在火光中熊熊燃燒的德軍彈藥火車，也許未能拯救所有的捷克人免於被德軍統治的痛苦，卻是他的生命一次完整的呈現。

赫拉巴爾把悲傷折疊在喋喋不休的幽默裡，沒有民族大義，沒有說教的意味，生命的底蘊卻在這一個個不起眼的小人物身上閃閃發亮。

故事裡荒誕的對話及情節終於在流血與爆炸、火光滿天裡結束；而饅頭的簡樸滋味，還在我的記憶裡慢慢發酵著。

饅頭三明治

【材料】

A. 饅頭或花捲一個。

B. 肉鬆、魚鬆或三島香鬆。

C. 蔥花蛋。

D. 牛腱子切片，或依個人喜好加一點甜麵醬。

E. 鴨賞切片，蒜苗一根亦斜切成細絲，拌上一小匙白醋。

F. 前一天晚上的剩菜，例如竹筍炒肉絲、京醬肉絲等下飯但是不要帶湯湯水水的菜色皆可。

【作法】

1. B、C、D、E、F任選一種為配料夾進饅頭裡。

2. 加上B之前，可以先塗一點薄薄的美乃滋在饅頭上，這樣肉鬆比較不容易掉出來。

3. 蔥花蛋裡面可以加一點起士。

4. 滷一條牛腱子，一定要完全放涼後冷藏，要吃時不用加熱，冷冷的牛腱夾進熱騰騰的饅頭格外好吃。

5. 使用E時，醋的分量要拿捏，若有水分，要稍微瀝一下再夾進饅頭。

6. F是懶人作法，但是可以使剩菜重新包裝，再利用一次，也很環保。

美國牧歌 vs. 牛肉漢堡排

加州九十九號公路從沙加緬度（Sacramento）以北開始，貫穿加州中部的谷地區，一直延伸到洛杉磯，並不是一條熱鬧的公路。華氏一百零八度的暑氣把寂寞的七月燒烤得滋滋作響，地上呼呼冒著煙，眼前升起一幕海市蜃樓，因日曬而目眩的我彷彿著了魔似的跳進一座熱烘烘的海洋，整條公路翻起浪來⋯大概只有公路旁野生的向日葵，是唯一願意在毒辣的陽光下仍然抬頭挺胸像一隊掛著勳章的騎兵。

弗瑞斯諾（Fresno）位於加州中部的內陸，距離舊金山東南方約四個多小時車程。大部分的遊客經過此地，主要是補給食物和露營用品，然後繼續東行前往優勝美地國家公園，專門在弗瑞斯諾停留的人不多，除非他們是刻意來拜訪弗洛斯提爾地下花園（Forestiere Underground Garden）。距離開放時間還有一個多鐘頭，時至正午，飢餓與口渴讓我一看到對街的In-N-Out Burger就迫不及待的衝進速食店綠洲般的冷氣裡。

這是一個堅持以家族經營方式的漢堡店，由哈利史奈德夫婦（Harry and Esther Snyder）在一九四八年創辦經營，加州第一個提供得來速（drive-thru）的速食店，沒打算作成全國連鎖餐飲店，目前只有在加州、內華達州以及亞利桑那州設

《美國牧歌》*American Pastoral* 菲利浦・羅斯（Philip Roth）／著　宋瑛堂／譯（木馬）

攝於美國加州46號公號。

有分店而已。大型的速食店林立，諸如麥當勞，的確影響 In-N-Out Burger 的生意，但是它依然屹立不倒，基本顧客群所死忠擁護的就是自從創店以來就沒更動過的菜單：牛肉漢堡，薯條，奶昔和飲料。最有名的就是炸薯條，新鮮的馬鈴薯是現切現炸，沒有配上太多佐料，炸好後金黃色的薯條保留原味且外皮酥而不油膩，內裡還冒著熱氣，口感獨特；奶昔則是用純冰淇淋打泡製成，格外香濃，這是道地的美國風味，結結實實的超高熱量；至於漢堡，大概在別地方也很難嚐到這麼原汁原味的正統牛肉漢堡了，不花俏，酸黃瓜片、烘烤過的洋蔥圈、一點黃芥茉醬，加上起士片和一塊漢堡排，風味原始但是口感豐富。大快朵頤之後，抹抹嘴環顧四周，大多是父母帶著孩子來用餐，原來我是店裡唯一的單身食客，也是唯一的東方面孔。

弗洛斯提爾地下花園位於大馬路邊，圍著籬笆，乍看之下以為只是一個普通的果園，穿越一列葡萄藤花架之後，是一個拾級而下的玄關，這才發現別有洞天。

包迪塞爾‧弗洛斯提爾（Baldisare Forestiere）輾轉從義大利的西西里島來到美國紐約，隨後跟著西進的人潮落腳在加州，他的美國夢和大部分來加州開發的人們一樣是種植果樹和釀酒的葡萄。當包迪塞爾在一九○五年買下這塊土地時，他不知道有這麼一大塊岩石地橫亙其中，根本不適於耕種。善良的包迪塞爾並不願意以欺騙的手段把土地轉讓出去；又因為加州內陸酷熱的夏天，於是他靈機一動，建造了這座可以避暑的地下花園。當地面上溫度高達華氏一百一十度，這座地下城堡可以保持七十多度，還時時可以感覺一陣陣涼風，伴隨著泥土的味道在每一個轉角處撲面而來。

說它是一個花園，不如說是一座城堡。除了栽種水果樹的園圃散佈在城堡中，還有兩間特別設計的臥房分別供冷暖季節使用，廚房裡仍然保留著舊式的爐灶及嵌進石壁裡的餐桌椅。所謂的天窗，就是地上挖的一個洞孔，主要是利於採光以及收集雨水，花園裡種植的果樹可藉著天窗向上延展，樹梢伸出地面，這樣一來，採收水果不必登高架梯，在地面上的人們，只要伸手摘取就可以了。室內多處拱門的設計是因應岩石的硬度和開鑿的方便，曲曲折折的迴廊和階梯路徑，饒有趣味。

我的美國夢不過是一人獨自開著車、帶上相機和簡單的行李，展開一場未知的公路旅行，就足夠了。

具有美國本土口味的 In-N-Out Burger 漢堡，還有遠渡重洋來到新大陸如包迪塞爾一樣的移民在此實現他們的美國夢，讓我不禁想起菲利浦‧羅斯描述越戰後年代的《美國牧歌》一書。早年來自世界各地的移民，只要胼手胝足腳踏實地，或是看準時機謀定而後動，夢想總是繽紛而且充滿期待；在《美國牧歌》裡，這些落地生根享受辛勤工作所換來優渥生活的移民第三代，成為安逸的資產階級，卻無法看透世局的變動，因而背負更多的失落情緒。

書中猶太裔的主人翁算是美國主流社會的中堅分子，對於自己的角色非常滿意並且對家庭有責任感，憑著努力工作贏得財富和事業，娶了一個有著高貴情操和堅強美德的非猶太裔妻子，在郊區置產，生活幸福美滿；然而，這一切卻在他的十六歲女兒放置炸彈炸毀了一間商店和炸死了一個醫生之後，全然瓦解。他百思不得其解，女兒的反動思想和憤怒來自何處，他一一解析自己的前半生，試圖找到一些蛛絲馬跡，讓他可以相信女兒變成炸彈客絕對不是自願的，只要把女兒找回來，弄清楚一切，所有將風平浪靜。從書中主人翁對於自己嚴苛的反省與凝視，以及矛盾的自我辯證，讓我們重新回顧那個社會價值改變、人心動盪的六〇年代，人權、階級、種族和資本主義的問題一一浮現，這些問題並非空來風，炸

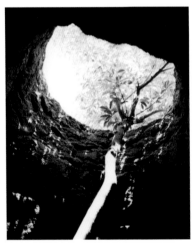

弗洛斯提爾地下花園，廚房裡保留著舊式爐灶及嵌進石壁裡的餐桌椅。所謂的天窗，就是地上挖一個洞孔用以採光和收集雨水，果樹也可藉著天窗向上伸展。

彈只是一個引爆點，炸開虛偽的表象，逼得你無法不去正視，因為它就在那裡。

《美國牧歌》宛若戰後資產階級的輓歌，美好單純的年代一去不復返，而美國夢似乎受到嚴酷的考驗，愈來愈稀薄。

相較之下，我的美國夢沒有背負太大的歷史包袱，不過是一人獨自開著車、帶上我的相機和簡單的行李，展開一場未知的公路旅行，就足夠了。

牛肉漢堡排

【材料】

A. 牛絞肉一盒約1000克。

B. 培根一條。

C. 起士粉1/2杯。

D. 烤肉醬3大匙。

E. 狄戎芥茉醬1大匙。

F. 紅椒粉2大匙。

【作法】

1. 將A~F攪拌均勻後，撒些鹽和胡椒粉，冷藏8小時以入味。

2. 分成約八等分，捏成圓餅狀。

3. 先用平底煎鍋中火煎至肉排兩面略金黃，約一分鐘。

4. 烤箱預熱180℃，將肉排置於烤架上，用上火烤至八分熟，記得翻面。

5. 烤好後夾入漢堡麵包，是個人喜愛加上生菜、酸黃瓜片、洋蔥圈或是起士片皆可。

　　附註：牛肉漢堡排用BBQ方式燒烤，更加風味十足。

與娜娜相遇
哀愁的預感 vs. Sangria

說起來有些慚愧，我與吉本芭娜娜不怎麼熟，即使很多朋友向我推薦她的成名作《廚房》，我仍然沒有趕上流行，總覺得對這本書的好惡已經眾口鑠金，這樣的偏見似乎會影響我的閱讀樂趣。後來終於讀了她的《哀愁的預感》，卻純屬意外，起因起於一杯Sangria。

Sangria來自西班牙，意思即為「像血色般的飲料」，是一種以紅葡萄酒為基調的雞尾酒，適合歡樂氣氛的派對場合，它獨特的水果味道也很適合做為炎炎夏日的餐前酒。雖然Sangria已經成為西班牙的「國飲」，但是製作的材料和口味卻是比例不同，各有千秋，不過通常都是以壺為單位。調一壺Sangria大概有半壺是紅葡萄酒，另外加一小杯白蘭地，接著配上當季的新鮮水果切片，如蘋果或柳橙，以及現榨的果汁，放入冰箱冰上至少五個小時。飲用時可以加上有氣泡的礦泉水或汽水，注入裝滿冰塊的玻璃杯，你以為這個視覺上深紅色的飲料必定濃郁厚重，可是小啜一口卻是清爽恬靜，紅葡萄酒浸滿水果香盤桓在舌尖，隨著氣泡「飄」入喉間，一瞬間通體舒暢。

一大早便調了這麼一壺在冰箱裡冰著，到了下午，六月的暑熱儼然不理鋼筋水泥的圍擋，終於侵入屋內，我放下滿身大汗的家務事，為自己斟上一杯Sangria坐

《哀愁的預感》吉本芭娜娜／著　吳繼文／譯（時報）

攝於花蓮海洋公園。

下來享用，也許是熱昏了還是怎麼著，身子一斜手肘撞到桌腳，一杯Sangria就潑灑出來，剛好朋友來訪時忘了帶走的吉本芭娜娜放在茶几上，頓時沾染血跡斑斑，這就是我和吉本的邂逅。

清理完畢，順手翻了一下書，第一三〇頁的最後一行寫著「過去的幾次戀愛，從來沒有發生像這樣風景都消失的狀態」挑起了我的興趣，這個有著頹廢書名的小說究竟在講什麼？

首先，書中第一人稱的「我」細細描述「阿姨」的住處，順帶說了一段她和「阿姨」曾經有過的祕密。接下來一個章節透過「我」的媽媽回憶，原來「我」小時候具備預知的能力，長大後卻漸漸消失了。讀到這裡，不禁好奇起來，這個是關於超能力的故事嗎？還是背後有一件謀殺案將要揭發？我喝了一大口Sangria，饒有興味的繼續讀下去。

啊……「我」其實不是媽媽親生的，她的父母因車禍過世，留下她和姊姊，兩人同時被一家好心的人收養，但是「我」卻完全忘記小時候的事情了。猜到了沒？那個神祕的「阿姨」原來是她的親生姊姊，藉著追尋「阿姨」的過程，「我」緩緩打開了彌封的記憶，坦然面對自己對哀愁的敏感，也發現她和收養家庭的弟弟有不一樣的情愫。讀到這裡有沒有一種熟悉的感覺啊？好像齊藤千穗的《紫花情夢》或是《薔薇果之戀》，或是我們年輕一點時看的少女漫畫，失去記憶的美麗女主角愛上風采迷人、高大偉岸的哥哥，後來才發現沒有血緣關係……為什麼我們當年那麼沉迷於少女漫畫，還不是那種有一點非現實非邏輯的浪漫味道，把我們無邊無際的想像從升學壓力裡解放。

閱讀的過程中我逐漸領略了吉本芭娜娜的魅力，倒不是故事情節本身，而是她運用文字創造出來的氛圍，以及主角個人心理狀態的刻劃，讓讀者似乎身歷其境，但是產生一種模糊的距離；書中多處轉折帶動的清淺哀愁，像水龍頭沒關緊，滴滴答答愈滴愈多，然而有技巧的適可而止，回味無窮；即使故事本身有著高潮迭起的張力，卻沒有過度戲劇化的處理，反而以冷淡平靜的方式收尾。

書中的「我」在追尋真相的最後，仍然回歸原來的生活軌道，闔上《哀愁的預感》，我彷彿飄流到無人的荒島後又重新回到現實，喝完最後一口Sangria，想著晚上該吃些什麼好。不過，可以確定的是，晚飯之後要出去散散步，順便去書店把《廚房》買回來。

Orange Sangria

【材料】

A. 紅酒1瓶。

B. 柳橙汁2杯。

C. 白蘭地1/4杯。

D. 柳橙片4片。

E. 薑汁汽水2杯。

【作法】

將材料A~D混合後放入冰箱冰上整晚，飲用時再將E注入。

Grand Marnier Sangria

【材料】

A. 紅酒1瓶。

B. Grand Marnier（柑橘甜酒）2湯匙。

C. 櫻桃6顆，去核切片。

D. 柳橙2顆，連皮切塊。

E. 檸檬和萊姆各一，各切4塊。

【作法】

將材料混合後冰上數小時即可，飲用時加冰塊。

Pineapple Sangria

【材料】

A. 紅酒1瓶。

B. 鳳梨汁和鳳梨切塊1杯。

C. 薑汁汽水1罐。

D. 蘋果汁1杯。

E. 檸檬2湯匙。

【作法】

將材料混合後冰上數小時即可，飲用時加冰塊。

音樂、廚房和閱讀
韓良憶 vs. 白酒橄欖雞

説起來，我會喜歡在廚房裡實驗各種新食譜，韓良憶是一個很大的啟蒙。

一九九六年出國念書時，我還只會煮泡麵，是一個連打蛋花都打不好的女生。住過寄宿家庭，也住過包伙食的學校宿舍，當我終於搬到校外的公寓開始獨居生活，同學很貼心的送我兩本書（大概真是怕我餓死），一本是《留學生食譜》，專門設計給國外的離鄉學子，可以利用當地的食材料理出一桌家常味道，是思鄉時的解藥；另外一本就是韓良憶的《羅西尼的音樂廚房》，竟然因此挑起了我做西式餐點的興趣，進而經營起一種特殊的生活方式。

念書念不下、失眠、百無聊賴的時候，我就開始捧起食譜從材料開始研究，接著抄下各式香料的名字，到超市實地考察。所以有一段時間，我常在夜裡興致勃勃的切菜煮高湯，或烤起香噴噴的蛋糕。有一次閱讀食譜讀到廢寢忘食，沒日沒夜，到了交報告的時候才發現厚重的教科書籍擺放在床底，遭灰塵了。還有一個很重大的改變，就是我每到書店總是流連在食譜區，家中食譜愈來愈有霸占書櫃之勢。

據說酷愛美食並且留下來許多食譜的作曲家羅西尼這麼説過：「胃是我們熱情的管絃樂團指揮。」所以音樂和食物便是這本《羅西尼的音樂廚房》的主旋律，它

《羅西尼的音樂廚房》韓良憶／著（商周）

以音樂類型分章節,搭配具有同樣氛圍的佳餚,不但替我的烹飪經驗打開一扇窗,韓良憶書裡引介的各種類型的音樂,也拓寬了我的聽覺視野,對於音樂知識貧瘠的我另闢一座世外桃源,也成為逛二手唱片店時的購買指南。

「白酒橄欖雞」是此書介紹的食譜裡我嘗試做的第一道菜,光聽菜名就很有歐洲風情的樣子,我還真的去學校附近的二手唱片店找到一張卻特·貝克(Chet Baker)的演唱精選集來搭配呢。第一次做的時候不大成功,雞本身沒有什麼味道,後來又做了幾次,逐漸體會出心得來。雞肉的部分,倒是建議混用三大隻帶骨和兩大隻去骨的雞腿肉,各剁成三到四塊大小差不多的雞塊,先用少許鹽和黑胡椒醃個二十分鐘,使雞肉比較容易入味,下鍋翻炒時油要夠,雞肉才不會黏鍋。我試過不同種類的白酒,還是具有水果清香的香朵奈(Chardonnay)和橄欖配起來格外有陽光的味道。

白酒橄欖雞嚐起來有淡淡的果香和橄欖特有的輕鹹,還有少見的海味藏在油漬鯷魚裡,令人可喜的是這些味道並不喧賓奪主,質地柔軟的雞肉還是保有原來的鮮美。

韓良憶書裡引介的各種類型的音樂,拓寬了我的聽覺視野,
對於音樂知識貧瘠的我另闢一座世外桃源。

起初覺得韓良憶真幸運，有一個對音樂博學的姊姊韓良露帶領她進入五花八門的音樂世界，還有她的烹飪手藝，讓音樂和美食結合成為生活裡的一大享受。後來有一年的感恩節，我親自下廚做了一桌傳統的火雞大餐，讓十幾位親朋好友大為驚豔，手藝遠近馳名的媽媽特別舉杯讚嘆自己的女兒，我明白其實我也是很幸運的，遺傳了媽媽對烹飪的天份和自信，也有幸拜讀了韓良憶的書啟發了我的興趣，讓美食和閱讀從此成為我的生活方式。

白酒橄欖雞

【材料】

Ａ. 三大隻帶骨和兩大隻去骨的雞腿肉，少許鹽和胡椒粉略醃20分鐘。

Ｂ. 大蒜3瓣去皮切片。

Ｃ. 白酒醋2大匙。

Ｄ. 去籽黑橄欖20顆切碎，20顆保持完整。

Ｅ. 罐頭鯷魚2條，切碎。

Ｆ. 白酒半杯。

Ｇ. 清雞湯半杯。

【作法】

１. 熱油鍋，入蒜片炒香，加入雞塊，炒至外表金黃。

２. Ｃ~Ｆ入鍋，轉大火燒滾後加入雞湯。

３. 蓋上鍋蓋，轉小火直至雞肉軟熟，適時翻動雞肉，約15~20分鐘。

神遊
比流浪有味、比幸福更甜 vs. 德式烤醃肉

當我發現自己總是待在廚房裡試驗新菜，或是在書店看來看去總是買食譜，三不五時就邀集朋友來家中聚餐的時候，我真的一度想要轉行做廚師去。

那時在謝忠道的新聞台「忠道的巴黎小站」讀到一篇關於巴黎麗池廚藝學校的介紹，甚至起意想去法國學糕點製作，我跟爸媽提起這一項計畫，二老第一個反應是：「哇！聽起來不錯，畢業典禮你是不是就戴一頂廚師帽呀，那真是太酷了，我們一定要去參加幫你拍照，法國耶……」

當然這個計畫變成了茶餘飯後的閒談，漸漸被淡忘了，不過我還是常常閱讀謝忠道的美食文章。他的文字親切幽默，除了提供豐富的餐廳及旅遊資訊、美味的料理之外，更多的是從飲食角度來窺探法國的人文風景，在垂涎欲滴的美食之外，而有了文化層面的深度。謝忠道的書承載著對食物的禮讚，繼之一種對生活品質的想像。

他這本《比流浪有味，比幸福更甜》是走訪歐洲七個國家，記錄十三個城市的美食經驗，把觸角伸得更廣更遠，更細膩的描寫這些城市的獨特性格。

《比流浪有味，比幸福更甜——穿越七個國家、十三個城市的美食旅行》謝忠道／著（馬可孛羅）

味覺的旅行通常比實際的身體力行走得更遠。攝於荷蘭阿姆斯特丹。

如果流浪是為了遍嚐世界美食，這樣的旅途多半不會險惡；然而，對於我們這些只能呆坐在辦公桌前盯著電腦、足跡鮮少踏出城市的人來說，這樣的流浪無疑是奢侈的。所以，本書中還提供旅途中的攝影照片，美景美味盡收眼底，彷若讀者也隨之神遊一番。

味覺的旅行通常比實際的身體力行走得更遠，如果可以在自家廚房料理出各地美食，縱使無法取得道地的食材，但是只要加上想像力，甚至可以不用出家門也能周遊列國了。美食雜誌 *BON APPÉTIT* 在一九九六年發行了一本輕薄短小的食譜冊子，名為 *Tastes of The World*，即是彙整歷年來在各期雜誌中曾經引介的各國佳餚，依照餐點來分類，然後再依地區細分列出食譜，這是我收藏的食譜書裡少數沒有圖片說明，卻是極為珍愛。食譜中的材料有許多在台灣確實比較難找到，但是在閱讀這些陌生的食材頗具樂趣，可以想像異國風味。眾多口味各異的菜餚中，我嘗試比較容易、食材較易取得的德式烤醃肉來試試看，看似材料眾多，其實烹調程序上並不困難。

德式烤醃肉最重要的一項香料是葛縷子（caraway seeds），它又稱茴香籽，和巴西利（parsley）屬於同一種香菜科，原產於歐洲，是德國及東歐料理中常使用的香料，有名的德國酸菜，其中就加了葛縷子做調味。據說葛縷子還有個甜蜜的暱稱叫做「令人回味無窮的戀愛種子」喔！另外一個特別的調味材料是糖蜜（molasses），它是製糖時留下來的副產品，看起來像醬油膏一樣黑而濃稠，甜度比一般的糖低，可以用來替菜餚上色，有非常厚重的蔗糖味道。

里肌肉排醃了一整天，葛縷子的味道微微滲入肉裡面，在鍋中煎的時候與蒜香一起釋放出來，我的口水都快止不住了，不過到真正可以享用還得要一個多小時。把煎好的肉排和炒熟的高麗菜等放入烤箱後，我就把廚房收拾收拾，剛剛做菜用的一瓶德國黑啤酒還沒用完，就先冰起來，等一下配烤肉一塊兒享用。

整理一下餐桌，擺好餐巾和刀叉，放進一片馬友友的巴哈無伴奏大提琴的唱片，（巴哈也是德國人），烤箱開始慢慢散發出香味，我的味覺今天也要到遙遠的德國街上逛逛。

德式烤醃肉

【材料】

A. 葛縷子（caraway seeds）2小匙，磨碎使用。

B. 大蒜2粒切碎。

C. 鹽和胡椒各1小匙。

D. 里肌肉厚片或豬排肉一塊，約巴掌大，至少有3公分厚度。（也可用豬蹄膀，但要先水煮去油）。

E. 橄欖油3大匙＋洋蔥一顆切絲＋紅蘿蔔2跟切斜片＋葛縷子1小匙＋月桂葉2片。

F. 高麗菜（或甘藍菜）1/4顆切絲＋葛縷子1小匙。

G. 啤酒一罐。

H. 糖蜜（Molasses）2大匙，也可用黑糖熬成糖漿代替。

I. 高湯1杯。

【作法】

1. 將A~C均勻抹在肉的表面，用保鮮膜緊緊包起來，放入冰箱至少24小時。

2. 烤箱預熱180℃ or 350℉。

3. 將E倒入炒鍋中炒熟（約5分鐘）後。盛入烤盤。

4. 將F倒入炒鍋中炒熟（約5分鐘）後。盛入烤盤與剛剛炒熟的E混合。

5. 將肉排在鍋中略煎，至各面略呈焦黃，約10分鐘。

6. 將煎好的肉排放在鋪滿E和F的烤盤中。

7. 原鍋加入G和H，續煮至滾，淋在肉排上。

8. 將高湯倒入烤盤中，放入烤箱45分鐘後翻面再烤45分鐘。

9. 烤好後將肉排切片裝盤，蔬菜及湯汁可再回鍋熬煮收一下湯汁，淋在肉排上當做醬料。

心意
所羅門王的指環 vs. 蔓越莓醬

過完感恩節（十一月的最後一個禮拜四），大抵算是秋天的徹底結束，雪季開始降臨。在這種寒冷的天氣裡不論是閒閒的窩在沙發上讀一本書，或是在廚房裡翻天覆地的做菜，都是一種極大的幸福。

傳統感恩節大餐裡的主菜通常是烤火雞，旁邊配上各式的配菜（side dishes）如芥末焗洋芋泥、烤南瓜、培根洋菇煲，以及時令甜點檸檬派和太妃糖南瓜捲，由於菜式眾多，分量豐富（通常是六至十二人份），為免當天手忙腳亂，準備工作得提早開始。所以每到感恩節前一個禮拜，我就名正言順霸占著廚房，家裡日日飄散著不同的香味，冰箱裡也堆滿各式各樣的食材。

其中我最偏愛的是搭配烤火雞的蔓越莓蜂蜜沾醬（cranberry sauce），清淺的果香，以及蜂蜜的軟甜味道，配上一片多汁的火雞肉，份外展現火雞的肉質，口感十足。新鮮的蔓越莓在熬煮的過程中，一粒粒的果實仍然保持完整，舀一小匙含在口裡，可以使油膩的大餐變得無限爽口，忍不住再多吃一點，不捨得離開餐桌。

相傳那是散居在北美大平原的印第安部落Ojibwa和Sioux族人，教導早期來開墾

《所羅門王的指環》King Solomon's Ring 康樂・勞倫茲（Konard Z. Lorenz）／著
游復熙、季光容／譯（東方出版社，83年13版，現由天下文化出版）

攝於美國加州Mendocino。

244

拓荒的白人如何栽種蔓越莓的，這樣說來，蔓越莓醬算是頗具美國「草根性」及歷史意義的一道菜了。

感恩節的由來大致是紀念白人與印第安人相互親善的開始，不同種族的人們在某一個共識下，因為相互的理解和慈悲而和平共存，那麼，人類和動物是不是也可以如此呢？

一九七三年諾貝爾醫學獎得主康樂‧勞倫茲（Konard Z. Lorenz）在他的《所羅門王的指環》一書中提到，只要我們仔細觀察身邊的其他動物，真心真意的去學習，其實是可以了解動物的行為和語言。這本書的副標題是：「動物行為學經典」，原以為是多麼深奧的科學理論，展讀之後竟不忍掩卷！

勞倫茲從小住在奧地利南部多瑙河穿越的河濱小島上，多瑙河每年一度的氾濫使得這個地區人煙稀少，土地因此免於耕作，野生動物反而得以自由生長。勞倫茲在這個得天獨厚的環境裡進行研究，試著豢養一些不用關在籠子裡的動物，觀察牠們的行為生態。久而久之，他與動物之間不只是科學家和實驗品的關係，而是彼此情感的投注和家人似的關懷。

《聖經》上記載所羅門王有一只戒指，一戴上它便可以聽的懂各種動物的語言，勞倫茲的實驗（或實際的生活體驗）告訴我們，只要多多關心注意，即使沒有神奇的指環，也能了解動物想要傳達的訊息。

原來，把世界分割成不同族裔的其實不是語言，而是心意呢！白人和印第安人也

攝於鶯歌老街。

是可以好好溝通相安無事的過日子啊！而勞倫茲和他的蟲魚鳥獸不也曾經共同度過悲歡交集的時光如同一家人？前者衍生為感恩節的寓言流傳後人知曉，後者則用幽默詩意的筆觸寫成此書作為見證。只要有一份良善的心意，世間的所有藩籬都是容易跨越的。

也許你不相信，但確實是如此：我在爐子旁熬煮這一鍋特別的醬汁時，竟深深感覺世界的美好，萬物的可愛！

蔓越莓醬

【材料】

A . 蔓越莓汁1又3/4杯。

B . 蜂蜜3/4杯。

C . 橘子皮1大匙。

D . 肉桂棒1枝。

E . 月桂葉1片＋磨碎的生薑1茶匙＋乾芫荽3/4茶匙＋鹽1/2茶匙＋黑胡椒粉1/2茶匙＋丁香2粒＋紅辣椒粉1/8茶匙。

F . 新鮮或冷凍蔓越莓12盎司。

【作法】

1 . 將1又1/2杯的蔓越莓汁與B、C混合，在小鍋中以中火煮至蜂蜜完全溶化，再以小火煮4分鐘。

2 . 加入E材料繼續煮約2分鐘。

3 . 加入蔓越莓，熬煮至果實飽脹起來，湯汁變的濃稠，約15分鐘。

4 . 鍋子離火，將月桂葉撈起丟棄，將剩下的蔓越莓汁徐徐倒入醬汁中攪拌。

5 . 蓋上蓋子或保鮮膜，放在冰箱中冷藏備用。

樂活共生
沙郡年記 vs. 草本蔬菜麵

曾經有一度距離山林十分接近。

那時我住在美國印第安那州的布魯明頓（Bloomington），春暖花開，論文報告都告一段落的時候，大家會呼朋引伴到州管的森林區漫遊散步。同行者有一位是學生物的，沿路上會一一告訴我們花草的名字，樹木的種類，還有正面臨炭疽病威脅的北美山茱萸（dogwood）。有一回是初夏的時候，我就真真實實的在森林裡，看見一隻啄木鳥，停在一棵高大的樹幹上，敲起他強而有力的喙子，演奏起激越清脆的打擊樂，節奏迴響在靜靜的樹林裡，咚咚咚叩叩叩……

「牠其實是在吃小蟲呢！」同學說。

這是我最靠近原生大自然的一次經驗。

然而，回到城市裡，不可避免的過著行色匆匆的生活，對週遭環境漸漸的失去關心，同時也失去憐憫。常常想要逃離，卻老是有種極欲離開卻明知無法開拔的掙扎。

閱讀李奧帕德的《沙郡年記》，讓我重新觀賞大自然多種面貌下的珍貴鏡頭，擴

《沙郡年記》*A Sand County Almanac* 李奧‧帕德（Aldo Leopold）／著，吳美真／譯（天下文化）

攝於美國密西根大學校園。

展人文關懷的感觸，從中找到心靈上的安慰，以及對於生態保育的反思。李奧帕德描寫大自然的筆觸生動有情，當說到砍一棵樹作為木柴的時候，李奧帕德感覺鋸的不只是一塊塊木頭而已，而是一整個世紀的切面，樹木各個同心圓彷彿用年輪寫成的生涯年代記，隨著鋸子來回，從最近的年代開始切入，一一見證過去整個世紀的自然歷史變化，如此詩意的敘述，也讓人驚訝，一棵樹的意義從此就不同了。

李奧帕德說：「我們只為我們所知者哀傷。」。目前的生態保育工作並不能全面解決所有的物種趨於消失的問題，有太多我們所不知道的生物生存著，但是因為他們的渺小，或是我們的無知，或是他們不具經濟效益，不會受到我們的關注，在我們極力保育某種動植物的時候，卻也犧牲掉其他的生物，造成未知的生態危機。有一個例子是，因為兇猛的狼會捕食鹿，所以鼓勵獵人獵殺狼，結果造成狼族的快速減少；少了天敵而繁殖過剩的鹿卻在覓食當中大量啃噬山林，造成樹木生長的危機。被狼叼走咬死的鹿，過幾個月還會繁殖出一隻，但是被鹿亂食致枯死的樹木，卻要好幾年才能長到一定的高度。大自然有其原有共生的狀態，競爭和合作都是一樣的，可以互相調節，但是不能偏廢。

李奧帕德在書中提及一道十分原始且豐盛的餐點：燉煮鹿肉。乍看之下，不過是獵人們狩獵時在野外烹調的晚餐（天知道我們在城市根本吃不到鹿肉）。首先要獵一隻鹿，不是隨隨便便哪一隻都好，要在十一月到一月之間已經被果實餵養的肥肥的公鹿，將鹿剝皮後掛在樹上，經過七次霜的冷凍和七次陽光的烘烤，從鹿腰切下半凍結的肉條，橫切成肉片，沾裹鹽、胡椒和些許麵粉，此時大鍋中已經將熊油（熊的油耶！）燒熱了，將肉片放入鍋裡，鍋子下面是木炭，等肉片七分熟時就可以取出，接著將水和牛奶及麵粉加入鍋中燒成濃汁，最後將一片肉片放在麵包上，並淋上濃汁食用。

讀到這裡，也許還無法體會這一道野味的價值，但是李奧帕德接著說：「公鹿躺在牠的山上，而金黃色的濃汁就是直到牠死前仍充盈在牠生命裡的陽光。」

大自然生生不息的循環莫過於此。

樹木各個同心圓彷彿用年輪寫成的生涯年代記，隨著鋸子來回，從最近的年代開始切入，一一見證過去整個世紀的自然歷史變化。攝於台北華山文化園區。

佛家說對一切有情生命皆要慈悲，「有情」是指有情識的眾生，能知冷熱痛癢、有喜怒哀樂等種種覺受，人類和動物都有此覺性。然而佛家的境界還只局限在有感知的人類與動物，李奧帕德卻將這一份慈悲和理解放到植物、昆蟲甚至土地上，提出了所謂的土地倫理（land ethic）的概念。土地倫理就是從這個較大的範圍，來思考人類的責任問題，既然人類已經從土地上掠奪了許多好處，應該要積極進行生態保育的工作。我們不是寬容，而是這個土地長久以來用寬容的胸襟任我們所欲為啊！

因此，回復土地的再生性，現在普遍提倡的是有機耕作，使用自然堆肥代替化學肥料和農藥，配合大自然的作息及氣候節令，讓土壤有充分的休息以及保持活性，並且免受污染。在這樣無污染且土壤肥沃的環境下自然成長的有機農作物，也含有較高的礦物質和維生素。將環保的精神放到生活態度上，就是最近流行的樂活慢食的運動，放慢生活步調，藉著品嚐食物原味的料理，來體會更貼近自然的感動。在市場上有機蔬菜的單價較一般蔬菜昂貴，但是從消費者的行為來支持有機耕種的概念，進而鼓勵更多農人加入行列，也算是為生態保育盡一份綿薄之力。

下班返家，擺脫整日不耐的情緒和沾惹一身的廢煙塵土，我只想要靜靜的享用一份簡單的晚餐。冰箱裡有一包來自台東原生應用植物園的草本蔬菜，頗適合煮湯麵的時候加進去。由於台東受到黑潮、東北季風及太平洋暖流等天然氣候的影響，非常適合栽種藥草植物，所以由台東原生應用植物園及藥草產銷班一起合作栽培，全部作物皆無使用農藥、化學肥料和除草劑。這一包草本蔬菜所包含的種類依季節採收而有不同，大致上有白鳳菜、紅綠地瓜葉、酸膜、巴蔘菜、角菜、土人蔘、紅鳳菜、川七、白馬齒莧、鳥莧、龍葵、昭和菜、金剛菜等，其中土人蔘具有補中益氣、潤肺生津、健脾、調經之效。

位於台東的原生應用植物園，除了有機栽培藥草及開放植物園觀光之外，還開發了植物火鍋，以雞湯及各式藥草熬煮為湯底，有機耕植的蔬菜為主食，可以素食也可以佐以海產及肉類。味道甘甜不膩，不但強調有機無污染的食材，也是呼應樂活慢食的運動。

我們已經回不去那個荒蕪卻生機盎然的年代，但至少，可以保有一個謙卑的心情，與萬物共處。當我們的視野要比單純考慮經濟效益放的更遠，我們就能看見土地所能提供的更多看不見的價值。《沙郡年記》裡不斷強調的是人與自然的整合概念，能夠理解這樣的共生關係，才能體會生態保育的精神吧！

草本蔬菜麵

【材料】
Ａ.草本蔬菜一包，或是自己喜愛的有機蔬菜。
Ｂ.雞高湯一罐。
Ｃ.麵條四人份。

【作法】
以雞高湯為底，煮滾後下麵條，待麵條軟熟後將草本蔬菜加入鍋中，略燙熟即可熄火。

關於食草植物鍋
台北忠孝創始店：台北市忠孝東路四段216巷11弄10號（02）27216856
台南旗艦店：台南市中西區中山路166號11樓（FOCUS百貨）（06）2283196
網址：http://www.fullgreen.com.tw/

Passion 014
嚐書：視界與舌尖之外
Yiling's Kitchen: On Books and Food

作者：劉怡伶
責任編輯：冼懿穎
封面設計：張士勇工作室
美術設計：劉心正
法律顧問：全理法律事務所董安丹律師
出版：英屬蓋曼群島商網路與書股份有限公司台灣分公司
台北市10550南京東路四段25號10樓之1
TEL：886-2-25467799 FAX：886-2-25452951
email：help@netandbooks.com
http://www.netandbooks.com

發行：大塊文化出版股份有限公司
台北市10550南京東路四段25號11樓
TEL：886-2-87123898 FAX：886-2-87123897
讀者服務專線：0800-006689
email：locus@locuspublishing.com
http://www.locuspublishing.com
郵撥帳號：18955675
戶名：大塊文化出版股份有限公司

總經銷：大和書報圖書股份有限公司
地址：台北縣新莊市五工五路2號
TEL：886-2-89902588
FAX：886-2-22901658

製版：瑞豐實業股份有限公司

初版一刷：2007年12月
定價：新台幣350元
ISBN：978-986-6841-15-6

國家圖書館出版品預行編目資料

嚐書:視界與舌尖之外=Yiling´s Kitchen
:on books and food ／ 劉怡伶著．攝 . -- 初
版. -- 臺北市：網路與書出版：大塊文化
發行, 2007 12
面；　公分 -- （Passion；14）
ISBN 978-986-6841-15-6 （平裝）

855　　　　　　　　　　96021682